douglas adams

DAS RESTAURANT AM ENDE DES UNIVERSUMS

Nacherzählt von JOHN CARNELL

Gezeichnet von STEVE LEIALOHA und SHEPHERD HENDRIX

Koloriert von LOVERN KINDZIERSKI

Schriften von JOHN WORKMAN und HORST DIEMER

Deutsch von Benjamin Schwarz

rogner & bernhard
bei zweitausendeins

1. Auflage, April 1996.

Titel der Originalausgabe:
DOUGLAS ADAMS' THE RESTAURANT AT THE END OF THE UNIVERSE.
Published under license from DC Comics,

Erstmals erschienen bei DC COMICS, New York 1994.

ISBN 3-8077-0300-4

Umschlag: Christian Ribbe, Hamburg.
Herstellung: Dieter Kohler & Bernd Leberfinger, Nördlingen.
Druck und Bindung: Appl, Wemding.
Printed in Germany.

Dieses Buch wurde auf holzfreies Bilderdruckpapier
mit Recyclinganteilen gedruckt.
Das Bezugspapier wurde zu 100 % aus Altpapier hergestellt.
Das Kapitalband wurde aus ungefärbter und
ungebleichter Baumwolle gefertigt.

Dieses Buch gibt es nur bei Zweitausendeins
im Versand (D-60381 Frankfurt am Main, Postfach) oder
in den Zweitausendeins-Läden in Berlin, Essen, Frankfurt, Freiburg,
Hamburg, Köln, München, Nürnberg, Saarbrücken, Stuttgart.

In der Schweiz über buch 2000,
Postfach 89, CH-8910 Affoltern a. A.

Teil 1

DIE UNENDLICHE GESCHICHTE VON „PER ANHALTER DURCH DIE GALAXIS"

Die drei Bücher im Comic-Band Eins erzählten die Abenteuer von Arthur Dent, einem sanftmütigen Engländer, dessen bester Freund, Ford Prefect, wie sich zufällig herausstellte, ganz und gar nicht aus Guildford war, sondern von einem kleinen Planeten irgendwo in der Nähe des Beteigeuze. Minuten, nachdem Arthurs Haus zerstört worden ist, um einer neuen Umgehungsstraße Platz zu machen, zerstört eine Bauflotte der Vogonen die Erde, um Platz für eine neue Hyperraum-Umgehungsstraße zu schaffen.

Mit Hilfe eines Sub-Etha-Sens-O-Matic gelingt es Ford, sie als Tramper in eines der Vogonen-Raumschiffe zu schmuggeln. Leider kann der Vogonen-Kapitän Tramper nicht ausstehen und läßt Ford und Arthur, nachdem er sie gezwungen hat, sich ein paar von seinen Gedichten anzuhören, aus dem Raumschiff in die eisigen, luftlosen Einöden des Weltraums werfen.

Entgegen allen Erwartungen und bei einem Unwahrscheinlichkeitsfaktor, der viel zu groß ist, um an dieser Stelle den ganzen Rattenschwanz seiner Nullen aufzuführen, werden Ford und Arthur von der „Herz aus Gold" aufgenommen - dem Prototyp eines Sternenschiffs, das von dem Unendlichen Unwahrscheinlichkeits-Drive angetrieben wird. Der Sternenkreuzer ist von Zaphod Beeblebrox, dem doppelköpfigen, dreiarmigen, ehemaligen Präsidenten der Galaxis, und Trillian, einer Erdlingin, gestohlen worden, auf die Arthur auf einer Party Eindruck zu machen versucht hatte, bevor Zaphod sie abschleppte. Gesellschaft leistet ihnen Marvin, der paranoide Androide, dessen Elend keine Grenzen kennt.

Sie fahren mit dem Raumschiff zu dem mythischen Planeten Magrathea. Obgleich er angeblich unbewohnt ist, werden von dort zwei tödliche Raketen auf das Raumschiff abgefeuert, die nach einer unabsichtlichen Inbetriebnahme des Unwahrscheinlichkeits-Drives sich in einen Pottwal und einen Petunientopf verwandeln. Arthur lernt Slartibartfaß kennen, den ersten Magratheaner, der aus einem eine Million Jahre währenden Schlaf erwacht. Slartibartfaß erklärt, daß Magrathea als Planetenkonstrukteur der Beherrscher der Galaxis war. Hier wurde die Erde im Auftrag der Mäuse erbaut – ja, der Mäuse –, die in Wirklichkeit transdimensionale Wesen sind, von denen die Erde als gigantischer organischer Computer eingesetzt wurde, der die Frage nach dem Leben, dem Universum und dem ganzen Rest beantworten sollte. Doch Sekunden, bevor das Planetenprogramm durchgelaufen war und die Frage gelöst werden konnte, hatten die Vogonen den Planeten unglücklicherweise zerstört.

Unsere Helden gehen auf Magrathea der Galaktischen Polizei ins Garn, die das gestohlene Raumschiff zurückholen soll. Doch Marvin kommt ihnen unwissentlich zu Hilfe, als er mit seiner deprimierenden Unterhaltung den Computer des Polizei-Sternenschiffs in den Selbstmord treibt und so die Lebensader der Polizisten durchschneidet. Nach all diesen bizarren Enthüllungen und gerade noch mal geglückten Errettungen vor dem Tode sind sich Zaphod, Ford usw. über ihren nächsten Schritt einig: Essen gehen! Und so haben sie sich auf die Reise begeben zum besten, nächstgelegenen Restaurant, das der Bordcomputer im Speicher hat. Es ist Milliways, das berühmte Restaurant am Ende des Universums.

DOUGLAS ADAMS ist der Erfolgsautor der PER ANHALTER DURCH DIE GALAXIS-Reihe. Er ist auch wegen seiner Dirk-Gently-Bücher bekannt: DER ELEKTRISCHE MÖNCH und DER LANGE DUNKLE FÜNFUHRTEE DER SEELE. Zusammen mit John Lloyd schrieb er THE MEANING OF LIFF (deutsch – zusammen mit Sven Böttcher – DER TIEFERE SINN DES LABENZ, Das Wörterbuch der bisher unbenannten Gegenstände und Gefühle). Seine letzten Bücher sind der neueste Anhalter-Roman, EINMAL RUPERT UND ZURÜCK, und ein Reisebuch mit dem Titel DIE LETZTEN IHRER ART... Er lebt in Islington.

In Ramsgate, England geboren, hätte JOHN CARNELL um ein Haar zur Schule gehen müssen, er zog jedoch den Nie Endenden Studiengang der Universität des Lebens vor. Zu den publizierten Werken, zu denen er steht, gehören die THE SLEEZE BROTHERS-Comics und PET SQUAD, eine Kinderbuchreihe. Zu seinen Leidenschaften gehören: Ornithologie, Trinken, Pilzesammeln, Sex, Schwimmen, mit Bäumen reden und Pferderennen (obwohl er noch nie eines geschlagen hat).

STEVE LEIALOHA hat in der Comicheft-Industrie in den vergangenen zwanzig Jahren an einer Reihe verschiedener Titel mitgearbeitet. Darunter STAR WARS, X-MEN, BATMAN, WARLOCK und TRYPTO THE ACID DOG. Gelegentlich hat er auch als Storyboard-Künstler Ausflüge ins Film- und Fernsehgeschäft gemacht.

SHEPHERD HENDRIX' scharfe, ausdrucksstarke Stifte und Tuschen zeigten sich zum erstenmal Mitte der 80er Jahre in seiner Arbeit an CROW OF THE BEAR CLAN für Blackthorne. Seither sind seine Tuscharbeiten in Berni Wrightsons CAPTAIN STERNN für Kitchen Sink/Tundra, in Tom Yeates' TARZAN: THE BECKONING für Malibu und in SWAMP THING für DC zu bewundern gewesen. Wenn Shep nicht unter seinen Fan-Verehrern in Japan unterwegs ist, wohnt er in Eugene, Oregon, wo er in Riesenmengen Sci-fi-Weltraumopernzeugs in sich einschlingt.

LOVERN KINDZIERSKI ist am bekanntesten geworden durch seine Kolorierungskunst für DC Comics, Marvel Comics und andere. In letzter Zeit hat er an P. Craig Russells ROBIN 3000, THE NEW TWO-FISTED TALES und LEGENDS OF THE DARK KNIGHT mitgearbeitet. Gegenwärtig ist er Creative Director bei Digital Chameleon in Manitoba.

JOHN WORKMAN wurde am 20. Juni 1950 geboren - und dieses Datum benutzte er als Namen in einer Serie („June 2050"), die er für HEAVY METAL schuf, als er dort Art Director war. Im Laufe der letzten zwanzig Jahre war er Redakteur, Zeichner, Tuscher, Schriftsteller, Designer und Kolorist. Am berühmtesten ist wohl seine Schriftkunst, die den Weg zu jedem wichtigen Comic-Verleger gefunden hat. John lebt mit seiner Frau, seiner Tochter und einem ausgewachsenen Zoo in New Jersey.

ES GIBT EINE THEORIE, DIE BESAGT, WENN IRGEND JEMAND RAUSFINDET, WOZU GENAU DAS UNIVERSUM DA IST UND WARUM ES DA IST...
...VERSCHWINDET ES AUF DER STELLE UND WIRD DURCH ETWAS NOCH BIZARRERES UND UNBEGREIFLICHERES ERSETZT.
ES GIBT EINE ZWEITE THEORIE, DIE BESAGT, DIES IST BEREITS GESCHEHEN.

WAS BISHER PASSIERT IST:
AM ANFANG WURDE DAS UNIVERSUM ERSCHAFFEN. DAS MACHTE VIELE LEUTE SEHR WÜTEND UND GALT ALLENTHALBEN ALS SCHRITT IN DIE FALSCHE RICHTUNG. VIELE VÖLKER GLAUBEN, ES WURDE VON SOWAS ÄHNLICHEM WIE EINEM GOTT ERSCHAFFEN...
... ABER DIE JATRAVARTIDEN AUF VILTWODL VI MEINEN, DASS EIN WESEN NAMENS GROSSER GRÜNER ARKELANFALL DAS GANZE UNIVERSUM EINFACH AUSGENIEST HAT...
... UND LEBEN IN STÄNDIGER FURCHT VOR EINER ZEIT, DIE SIE „ADVENT DES GROSSEN WEISSEN TASCHENTUCHS" NENNEN.
DIESE LEHRE HAT ABER NICHT VIELE ANHÄNGER, UND SO WIRD STÄNDIG NACH NEUEN ERKLÄRUNGEN GESUCHT.

EIN VOLK HYPERINTELLIGENTER, PANDIMENSIONALER WESEN BAUTE SICH EINST EINEN GIGANTISCHEN SUPERCOMPUTER NAMENS DEEP THOUGHT, DER DIE ANTWORT AUF DIE ELEMENTARE FRAGE NACH DEM LEBEN, DEM UNIVERSUM UND DEM GANZEN REST ERRECHNEN SOLLTE.
42!
NACH SIEBENEINHALB MILLIONEN JAHREN VERKÜNDETE DEEP THOUGHT, DIE ANTWORT LAUTE ZWEIUNDVIERZIG... UND SO MUSSTE EIN NEUER, NOCH GRÖSSERER COMPUTER GEBAUT WERDEN, DER RAUSFINDEN SOLLTE, WIE DENN EIGENTLICH DIE FRAGE LAUTETE.
DIESER COMPUTER, DER DIE ERDE HIESS, WURDE OFT IRRTÜMLICH FÜR EINEN PLANETEN GEHALTEN, VOR ALLEM VON DEN AFFENARTIGEN WESEN, DIE AUF SEINER OBERFLÄCHE HERUMWUSELTEN UND KEINEN SCHIMMER DAVON HATTEN, DASS SIE TEIL EINES GIGANTISCHEN COMPUTERPROGRAMMS WAREN.
UND DAS IST SEHR MERKWÜRDIG, DENN OHNE DIESE ZIEMLICH SIMPLE ERKENNTNIS ERGAB NICHTS, WAS SICH AUF DER ERDE EREIGNETE, AUCH NUR DAS GERINGSTE BISSCHEN SINN.
LEIDER ABER WURDE DIE ERDE KURZ VOR DEM ENTSCHEIDENDEN MOMENT, ALS DIE ERGEBNISSE AUSGEDRUCKT WERDEN SOLLTEN, VON DEN VOGONEN ZERSTÖRT, UM - SO BEHAUPTETEN SIE - EINER NEUEN HYPERRAUM-UMGEHUNGSSTRASSE PLATZ ZU MACHEN...
...UND ALLE HOFFNUNGEN, DEM SINN DES LEBENS JEMALS AUF DIE SPUR ZU KOMMEN, SCHWANDEN FÜR IMMER... ODER SO KÖNNTE ES SCHEINEN...

IRGENDWO IN DER PECHSCHWARZEN FINSTERNIS DES RAUMES TREIBT DAS STERNENSCHIFF **HERZ AUS GOLD** DURCH DEN SUPERKOSMOS ...
KRMMMMMM
KRMMMMMM
COMPUTER, VERBINDE MICH MIT MEINEM GEHIRNWARTUNGS-EXPERTEN.
KRMMMMMM

HALLO, CAPTAIN PROSTETNIK VOGON JELTZ. WIE FÜHLEN WIR UNS HEUTE ?
NUN JA, ICH HABE IN EINER DISZIPLINARMASSNAHME FAST DIE HÄLFTE MEINER BESATZUNG UMGEBRACHT. WAS SAGEN SIE DAZU ?
ICH DENKE, DAS IST FÜR EINEN VOGONEN EIN VOLLKOMMEN NORMALES VERHALTEN, NICHT ? DIE GESUNDE ABLEITUNG AGGRESSIVER TRIEBE IN HANDLUNGEN SINNLOSER GEWALT...
DAS SAGEN SIE IMMER !
NUN JA, TROTZDEM MEINE ICH, DAS IST EIN VOLLKOMMEN NORMALES VERHALTEN ... FÜR EINEN PSYCHIATER.
NUN ERZÄHLEN SIE MIR ... WAS GIBT'S NEUES VOM EINSATZ ?
WIR HABEN DIE HERZ AUS GOLD GESICHTET... DER ERDLING IST AN BORD, UND EIN WEIBCHEN VOM SELBEN PLANETEN... DIE LETZTEN IHRER ART.
GROSSARTIG. WER SONST NOCH ?
DIESER PREFECT... UND ZAPHOD BEEBLEBROX.
JAMMERSCHADE. BEEBLEBROX IST EINER MEINER EINTRÄGLICHSTEN KUNDEN. ER HAT PERSÖNLICHKEITSPROBLEME, VON DENEN ANALYTIKER NICHT ZU TRÄUMEN WAGEN.
SIND SIE TROTZDEM BEREIT, IHRE PFLICHT ZU TUN ?
JA!
GUT. ZERSTÖREN SIE DAS SCHIFF AUF DER STELLE.
ATTACKE!

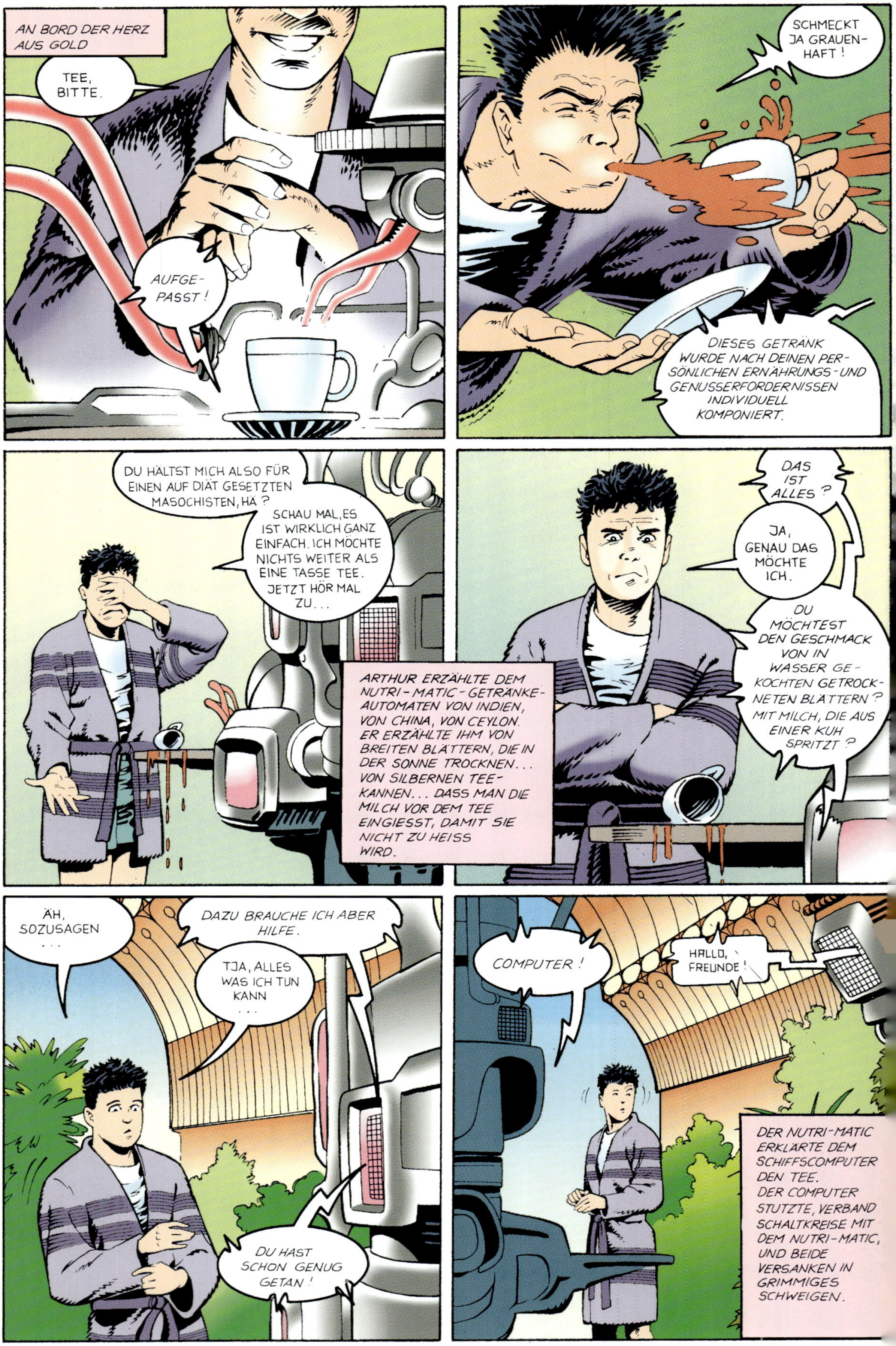

AN BORD DER HERZ AUS GOLD
TEE, BITTE.
AUFGE-PASST!
SCHMECKT JA GRAUEN-HAFT!
DIESES GETRÄNK WURDE NACH DEINEN PER-SÖNLICHEN ERNÄHRUNGS- UND GENUSSERFORDERNISSEN INDIVIDUELL KOMPONIERT.
DU HÄLTST MICH ALSO FÜR EINEN AUF DIÄT GESETZTEN MASOCHISTEN, HÄ?
SCHAU MAL, ES IST WIRKLICH GANZ EINFACH. ICH MÖCHTE NICHTS WEITER ALS EINE TASSE TEE. JETZT HÖR MAL ZU...
ARTHUR ERZÄHLTE DEM NUTRI-MATIC-GETRÄNKE-AUTOMATEN VON INDIEN, VON CHINA, VON CEYLON. ER ERZÄHLTE IHM VON BREITEN BLÄTTERN, DIE IN DER SONNE TROCKNEN... VON SILBERNEN TEE-KANNEN... DASS MAN DIE MILCH VOR DEM TEE EINGIESST, DAMIT SIE NICHT ZU HEISS WIRD.
DAS IST ALLES?
JA, GENAU DAS MÖCHTE ICH.
DU MÖCHTEST DEN GESCHMACK VON IN WASSER GE-KOCHTEN GETROCK-NETEN BLÄTTERN? MIT MILCH, DIE AUS EINER KUH SPRITZT?
ÄH, SOZUSAGEN ...
DAZU BRAUCHE ICH ABER HILFE.
TJA, ALLES WAS ICH TUN KANN ...
DU HAST SCHON GENUG GETAN!
COMPUTER!
HALLO, FREUNDE!
DER NUTRI-MATIC ERKLÄRTE DEM SCHIFFSCOMPUTER DEN TEE. DER COMPUTER STUTZTE, VERBAND SCHALTKREISE MIT DEM NUTRI-MATIC, UND BEIDE VERSANKEN IN GRIMMIGES SCHWEIGEN.

HAT JEMAND EINEN TEE-KESSEL ?
VERDAMMT ! AUCH DER PHOTON-ANTRIEB FÄLLT AUS.
WAS ?
ACH, NICHTS... STIMMT WAS NICHT ?
THWAK
HE, DER AFFE HAT GESPROCHEN !
PURE HISTORIE, MANN... EIN SPRECHENDER AFFE !
WIR LIEGEN UNTER BESCHUSS, ARTHUR -- VOGONEN !
NA, UND WAS MACHT IHR ? NICHTS WIE WEG VON HIER !
KÖNNEN NICHT. COMPUTER KLEMMT. ER SAGT, ALLE SEINE SCHALTKREISE SIND BESCHÄFTIGT. NIRGENDWO IM SCHIFF IST SAFT.
OH...
ÄH... SAGT MAL, NUR AUS INTERESSE, HAT EUCH DER COMPUTER GESAGT, WOMIT ER BESCHÄFTIGT IST ?
WAS HAST DU MIT IHM GEMACHT, AFFENMANN ?
ACH, NICHTS... BLOSS DASS ER SEIT 'NER WEILE...
...RAUSZUFINDEN VERSUCHT, WIE ER...
...MIR TEE MACHEN KANN...
DAS STIMMT, LEUTE. ICH BEFASSE MICH GRADE MIT DIESEM PROBLEM, UND MANN ! ES IST EIN HAMMER ! BIN GLEICH WIEDER FÜR EUCH DA.

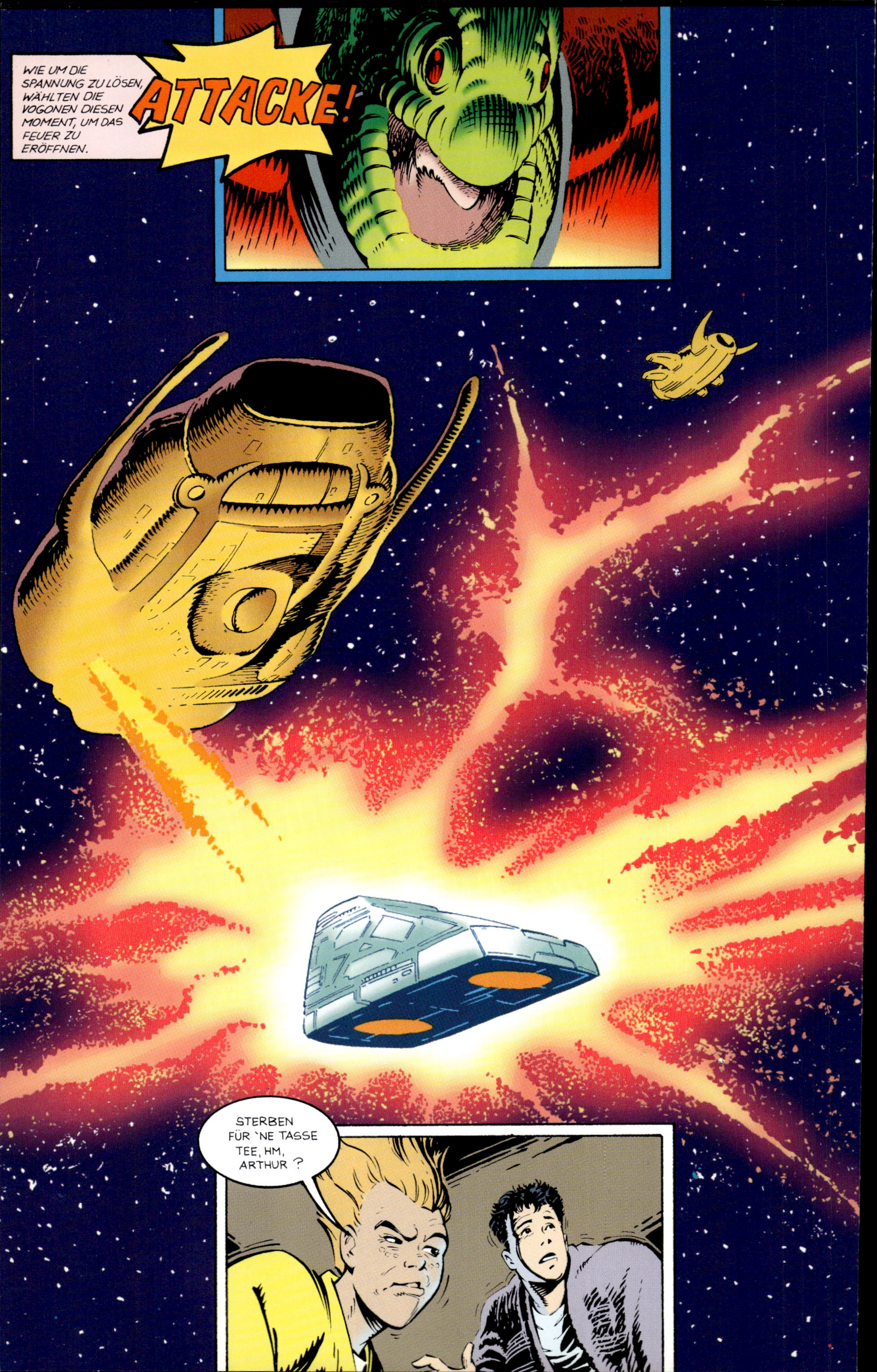
WIE UM DIE SPANNUNG ZU LÖSEN, WÄHLTEN DIE VOGONEN DIESEN MOMENT, UM DAS FEUER ZU ERÖFFNEN.
ATTACKE!
STERBEN FÜR 'NE TASSE TEE, HM, ARTHUR ?

DIE PANZERUNG GIBT NACH. UNS BLEIBEN NOCH DREI MINUTEN UND DREISSIG SEKUNDEN ... DREI MINUTEN, FÜNFUND-ZWANZIG ...
HÖRST DU AUF ZU ZÄHLEN ?!
JA, IN DREI MINUTEN UND ... ZWANZIG SEKUNDEN!
GUT. OKAY. KOMMT ALLE HER ZU MIR! KOMMT SCHON! LOS!
ES IST ZEIT, MIT MEINEM URGROSSVATER ZU REDEN!
DU WILLST MIT DEINEM URGROSSVATER REDEN ?
YEAH.
AUSGE-RECHNET JETZT ?
YEAH.
KONZENTRIERT EUCH AUF SEINEN NAMEN.
WIE LAUTET ER DENN ?
ZAPHOD BEEBLEBROX DER VIERTE.
DER VIERTE ?
YEAH, ICH BIN ZAPHOD BEEBLEBROX, MEIN VATER WAR ZAPHOD BEEBLEBROX DER ZWEITE, MEIN GROSSVATER ZAPHOD BEEBLEBROX DER DRITTE ...
WAS ?
ES PASSIERTE EIN UNGLÜCK MIT EINEM KONDOM UND EINER ZEITMASCHINE. JETZT KONZENTRIERT EUCH.
DREI MINUTEN ...

ZAPHOD BEEBLEBROX DER VIERTE ... BIST DU DA? BIST DU BEI UNS?
AAACCHHHH. TOTE -- WER BRAUCHT DIE SCHON!
IHR!
OH ... ÄH, HALLO URGROSSPAPPI! WIE GEHT'S DIR?
DEINER VERSTORBENEN URGROSSMUTTER UND MIR GEHT'S SEHR GUT ... WIR SIND ABER SEHR ENTTÄUSCHT VON DIR, KLEINER ZAPHOD!
AH, JAJA, HÖR ZU -- TUT MIR LEID WEGEN DER BLUMEN. DER LADEN HATTE GRADE DEN LETZTEN KRANZ VERKAUFT ...
... ÄH, URGROSSVATER ...
WIR HABEN DEINE ENTWICKLUNG MIT ZIEMLICHER VERZWEIFLUNG VERFOLGT ...
YEAH, HÖR ZU, GERADE IM AUGENBLICK, VERSTEHST DU ...
UM NICHT ZU SAGEN, MIT VERACHTUNG!

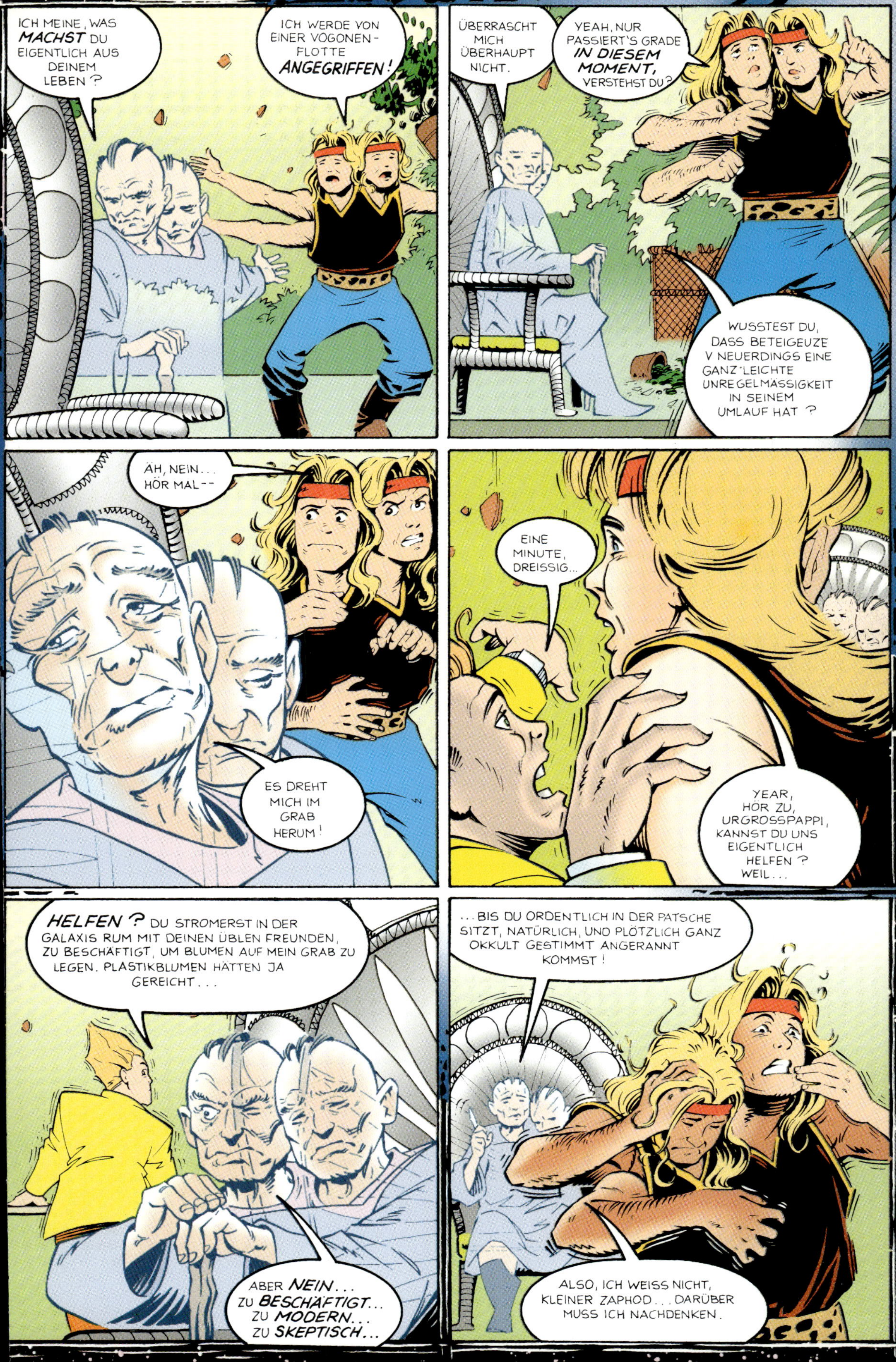

ICH MEINE, WAS MACHST DU EIGENTLICH AUS DEINEM LEBEN?
ICH WERDE VON EINER VOGONEN-FLOTTE ANGEGRIFFEN!
ÜBERRASCHT MICH ÜBERHAUPT NICHT.
YEAH, NUR PASSIERT'S GRADE IN DIESEM MOMENT, VERSTEHST DU?
WUSSTEST DU, DASS BETEIGEUZE V NEUERDINGS EINE GANZ LEICHTE UNREGELMÄSSIGKEIT IN SEINEM UMLAUF HAT?
ÄH, NEIN... HÖR MAL--
ES DREHT MICH IM GRAB HERUM!
EINE MINUTE, DREISSIG...
YEAR, HÖR ZU, URGROSSPAPPI, KANNST DU UNS EIGENTLICH HELFEN? WEIL...
HELFEN? DU STROMERST IN DER GALAXIS RUM MIT DEINEN ÜBLEN FREUNDEN, ZU BESCHÄFTIGT, UM BLUMEN AUF MEIN GRAB ZU LEGEN. PLASTIKBLUMEN HÄTTEN JA GEREICHT...
ABER NEIN... ZU BESCHÄFTIGT... ZU MODERN... ZU SKEPTISCH...
...BIS DU ORDENTLICH IN DER PATSCHE SITZT, NATÜRLICH, UND PLÖTZLICH GANZ OKKULT GESTIMMT ANGERANNT KOMMST!
ALSO, ICH WEISS NICHT, KLEINER ZAPHOD... DARÜBER MUSS ICH NACHDENKEN.

EINE MINUTE, ZEHN...
WARUM REDET DER MANN ANDAUERND IN ZAHLEN?
DIESE ZAHLEN SIND DIE ZEIT, DIE WIR NOCH ZU LEBEN HABEN!
ACH, WEM NUTZT DENN SCHON DEIN LEBEN? WENN ICH MIR ÜBERLEGE, WAS DU DRAUS GEMACHT HAST, FÄLLT MIR UNWILLKÜRLICH DER AUSDRUCK „IN DEN SAND SETZEN" EIN.
ABER ICH WAR PRÄSIDENT DER GALAXIS, MANN!
UND WAS FÜR EIN JOB WAR DAS FÜR EINEN BEEBLEBROX?
FÜNFZIG SEKUNDEN...
DU WURDEST PRÄSIDENT AUS EINEM BESTIMMTEN GRUND... HAST DU DIESEN GRUND VERGESSEN?
YEAH! NATÜRLICH HABE ICH IHN VERGESSEN. DAS MUSSTE ICH DOCH. SIE DURCHLEUCHTEN DIR DAS HIRN, WENN DU DEN JOB BEKOMMST, VERSTEHST DU.
WENN SIE GESEHEN HÄTTEN, DASS MEIN KOPF VOLLER VERRÜCKTER IDEEN IST, WÄRE ICH WIEDER AUF DER STRASSE GELANDET, MIT NICHTS ALS EINER DICKEN PENSION UND ZWEI AUFGESCHLITZTEN KEHLEN!
AHHH, DANN ERINNERST DU DICH ALSO DOCH!

ACHT-UNDVIERZIG SEKUNDEN...
CLICK
HE, DER KRACH HAT AUFGEHÖRT.
ICH HABE DIE ZEIT EINEN AUGENBLICK VERLANGSAMT. ICH FÄNDE ES ZU SCHADE, WENN EUCH ALL DAS ENTGINGE, WAS ICH ZU SAGEN HABE.
NEIN, DU HÖRST MIR ZU, DU DURCHSICHTIGE ALTE FLEDERMAUS! DANKE, DASS DU DIE ZEIT ANGEHALTEN HAST UND SO WEITER. GROSSARTIG, WUNDERBAR...
ABER ICH WEISS NICHT, WAS DIESE GROSSARTIGE SACHE IST, AUF DIE ICH ANGEBLICH WARTE, UND ES SIEHT SO AUS, ALS SOLLTE ICH DAS AUCH NICHT WISSEN!
UND DAS ÄRGERT MICH-- STIMMT'S?
STIMMT!

MEIN ALTES ICH WUSSTE WAS UND INTERESSIERTE SICH DAFÜR -- SCHÖN, SO WEIT, SO HOOPY. BLOSS INTERESSIERTE SICH MEIN ALTES ICH SO SEHR, DASS ES TATSÄCHLICH IN SEIN EIGENES GEHIRN SCHLÜPFTE ...
... MEIN EIGENES GEHIRN ...
... UND DIE TEILE VERRAMMELTE, DIE WAS WUSSTEN UND SICH DAFÜR INTERESSIERTEN ...
... DENN WENN ICH WAS WÜSSTE UND MICH DAFÜR INTERESSIERTE, WÄRE ICH AUSSERSTANDE, ES ZU TUN. ICH WÄRE AUSSERSTANDE, DER PRÄSIDENT ZU SEIN, DIESES SCHIFF HIER ZU STEHLEN ...
... WAS WOHL DAS WICHTIGSTE IST.
ABER MEIN EHEMALIGES ICH HAT SICH SELBST VERNICHTET, STIMMT'S, INDEM ES DAS GEHIRN WECHSELTE. DAS WAR SEINE ENTSCHEIDUNG.
DIESES NEUE ICH HAT SEINE EIGENEN ENTSCHEIDUNGEN ZU TREFFEN, UND AUFGRUND EINES SELTSAMEN ZUFALLS GEHÖRT ZU DIESEN ENTSCHEIDUNGEN, DIESE GROSSE ANGELEGENHEIT NICHT ZU KENNEN UND SICH NICHT FÜR SIE ZU INTERESSIEREN
DAS HAT ES GEWOLLT ... UND DAS HAT ES GEKRIEGT!
?
NUR DASS MEIN ALTES ICH VERSUCHTE, DIE KONTROLLE ZU BEHALTEN, INDEM ES MIR IN DEM TEIL MEINES GEHIRNS, DAS ES VERRAMMELTE, BEFEHLE HINTERLIESS.
SCHÖN, ICH WILL SIE NICHT WISSEN ... ICH WERDE NICHT JEMANDES MARIONETTE SEIN ...

...VOR ALLEM NICHT MEINE EIGENE!
YEAH!
MEIN ALTES ICH IST TOT! DIE TOTEN SOLLTEN HIER NICHT RUMHÄNGEN UND VERSUCHEN, SICH UNTER DIE LEBENDEN ZU MISCHEN!
SMAK!
UND TROTZDEM ZITIERST DU MICH HER, DAMIT ICH DIR AUS DER KLEMME HELFE!
ACH, NAJA-- DAS IST DOCH WAS ANDERES, NICHT?
OKAY. WARUM ERZÄHLST DU MIR NICHT, WAS DAS GROSSE GEHEIMNIS IST. STELL MICH AUF DIE PROBE.
ZAPHOD, DU WUSSTEST, ALS DU PRÄSIDENT DER GALAXIS WARST, EBENSO WIE YOODEN VRANX VOR DIR...
...DASS DER PRÄSIDENT NICHTS IST. EINE NULL.
IRGENDWO IM DUNKEL IST EIN ANDERER, EIN WESEN, EIN ETWAS... MIT ALLERHÖCHSTER MACHT.

DIESEN MANN MUST DU FINDEN... DEN MANN, DER ÜBER DIESE GALAXIS HERRSCHT UND, SO VERMUTEN WIR, AUCH ÜBER ANDERE... MÖGLICHERWEISE ÜBER DAS GESAMTE UNIVERSUM!
WARUM?
GUCK DICH DOCH UM, JUNGER MANN. MACHT ES AUF DICH DEN EINDRUCK, ALS WÄR'S IN SEHR GUTEN HÄNDEN?
IST DOCH IN ORDNUNG.
ICH WILL NICHT MIT DIR STREITEN. DU WIRST DIESES SCHIFF EINFACH DORTHIN BRINGEN, WO ES GEBRAUCHT WIRD.
UND GLAUBE KEINE SEKUNDE LANG, DU KÖNNTEST DEINER BESTIMMUNG ENTRINNEN. DAS UNWAHRSCHEINLICHKEITSFELD KONTROLLIERT DICH. DU BIST IN SEINER GEWALT.
ACH, UND ZAPHOD?
YEAH?
YEAH?
SOLLTEST DU JEMALS WIEDER FESTSTELLEN, DASS DU HILFE BRAUCHST, WENN DU IN SCHWIERIGKEITEN BIST UND EINE HAND BENÖTIGST, DIE DIR AUS DER KLEMME HILFT...
GEH BITTE OHNE ZÖGERN ZUM TEUFEL!

zakkkkkk
POOOOOF!
JA! AUSGEZEICHNET! DER BERUF DES PSYCHIATERS IST GERETTET. KEINE ENDGÜLTIGE FRAGE MEHR, KEINE ENDGÜLTIGE ANTWORT MEHR...
TRINKEN WIR AUF DAS LEBEN, DAS UNIVERSUM UND DEN GANZEN REST! UND AUF ALL DIE ÄUSSERST EINTRÄGLICHEN PAT ENTEN, DIE DEN DREH NICHT DURCHSCHAUEN!
HI-HI-HI-HO-HO-HO... HA!

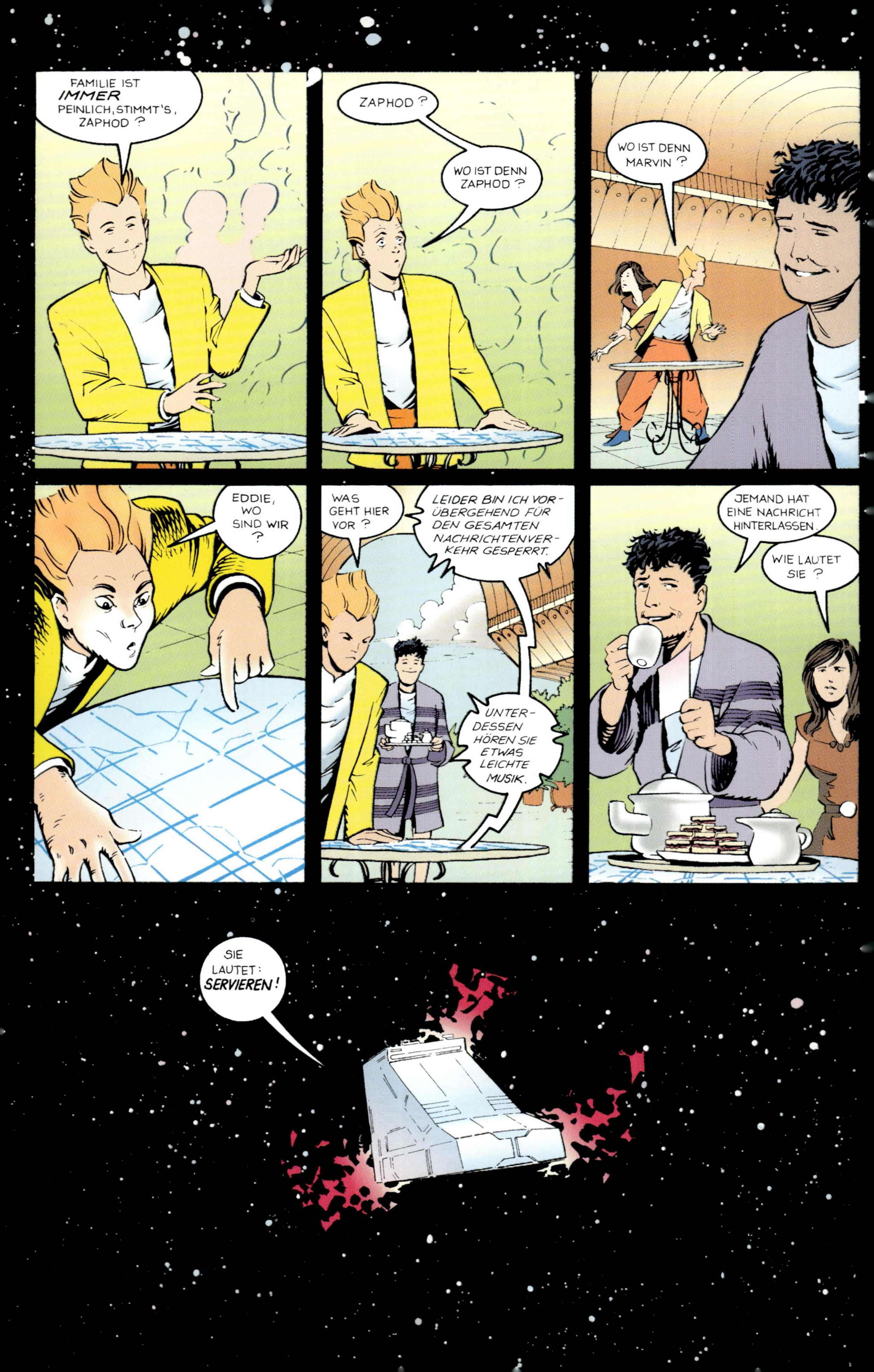

FAMILIE IST IMMER PEINLICH, STIMMT'S, ZAPHOD ?
ZAPHOD ?
WO IST DENN ZAPHOD ?
WO IST DENN MARVIN ?
EDDIE, WO SIND WIR ?
WAS GEHT HIER VOR ?
LEIDER BIN ICH VORÜBERGEHEND FÜR DEN GESAMTEN NACHRICHTENVERKEHR GESPERRT.
UNTERDESSEN HÖREN SIE ETWAS LEICHTE MUSIK.
JEMAND HAT EINE NACHRICHT HINTERLASSEN.
WIE LAUTET SIE ?
SIE LAUTET: SERVIEREN!

URSA MINOR BETA IST EINE DER SCHRECKLICHSTEN GEGENDEN IM BEKANNTEN UNIVERSUM.
SIE IST UNERTRÄGLICH FRUCHTBAR, GRAUENERREGEND SONNIG UND REICHER AN HERRLICH AUFREGENDEN LEUTEN ALS EIN GRANATAPFEL AN KERNEN.
ES GIBT KEINE NÄCHTE AUF URSA MINOR BETA. AUFGRUND EINER VERDÄCHTIGEN LAUNE DER ZEITRELASTATIK IST ES IMMER SAMSTAGNACHMITTAG, KURZ BEVOR DIE STRANDBARS SCHLIESSEN.
DIESER PLANET IST AUCH DIE HEIMAT EINES DER BEMERKENSWERTESTEN, SICHERLICH ERFOLGREICHSTEN BÜCHER, DIE JEMALS VON DEN GROSSEN VERLAGSHÄUSERN AUF URSA MINOR PUBLIZIERT WURDEN.
KEINE PANIK
PER ANH
DURCH D
GALAXIS
PER ANHALTER DURCH DIE GALAXIS!

REINER BETRUG! SECHZIG ALTAIR-DOLLAR FÜR EINEN FRUCHTSAFT!?! DAFÜR KÖNNTE ICH EINMAL UM DIE GANZE GALAXIS TRAMPEN!
HE--? MANN--? ÄH, WO BIN ICH?
DAS SCHLIMMSTE, WAS DEM ANHALTER PASSIERT IST, NACH URSA MINOR UMZUZIEHEN! DER TOTALE BETRUG!
DANKE, URGROSSVATER! KLASSE PLANETENAUSWAHL!
ZARNIWOOP!

JA. HALLO. MEGADODO VERLAG, HEIMAT DES REISEFÜHRERS PER ANHALTER DURCH DIE GALAXIS, DES ABSOLUT BEMERKENSWERTESTEN BUCHES IM BEKANNTEN UNIVERSUM.
WAS KANN ICH FÜR SIE TUN?
ALMS FOR THE TOWELLESS
JA, ICH HABE IHRE NACHRICHT AN MR. ZARNIWOOP WEITERGELEITET, ABER ICH FÜRCHTE, IM AUGENBLICK IST ER ZU COOL, UM MIT IHNEN ZU REDEN. ER IST AUF EINER INTERGALAKTISCHEN KREUZFAHRT.
ÜBERWIEGEND HARMLOS! HUH!!!
DER REISEFÜHRER IST ENDGÜLTIG. DIE WIRKLICHKEIT IST ÖFTER UNGENAU.
HOLEN SIE ZARNIWOOP HER!
SMAK!

ALSO, SIR, WENN SIE DIE SACHE ETWAS COOL NEHMEN KÖNNTEN...
„COOL NEHMEN!" ICH BIN SO UNGLAUBLICH COOL, SIE KÖNNTEN EIN STÜCK FLEISCH EINEN GANZEN MONAT IN MIR AUFHEBEN!
UND JETZT HOLEN SIE ZARNIWOOP!
TUT MIR LEID, DAS IST IM AUGENBLICK NICHT MÖGLICH, WEIL MR. ZARNIWOOP SICH AUF EINER INTERGALAKTISCHEN KREUZFAHRT BEFINDET.
AHA, UND WANN WIRD ER ZURÜCK SEIN?
„ZURÜCK", SIR? ER IST IN SEINEM BÜRO.
HÖREN SIE ZU, DREIAUGE, VERSUCHEN SIE NICHT, MIR KOMISCH ZU KOMMEN -- ICH KRIEGE MIT MEINEN FRÜHSTÜCKSFLOCKEN GRATIS SELTSAMERE DINGE ALS SIE!
ACH, WAS GLAUBEN SIE EIGENTLICH, WER SIE SIND, SCHÄTZCHEN?... ZAPHOD BEEBLEBROX ODER WAS?
ZÄHLEN SIE ... DIE... KÖPFE.
WOW, SIND SIE DER ZAPHOD BEEBLEBROX?
NEIN, BLOSS EIN ZAPHOD BEEBLEBROX... WISSEN SIE DAS NICHT? MICH GIBT'S IM SECHSER-PACK!

ABER SIR, ICH HABE EBEN DEN SUB-ETHA-RADIOREPORT GEHÖRT... DA HIESS ES, SIE SIND TOT?
DAS STIMMT. ICH HABE BLOSS NOCH NICHT AUFGEHÖRT, MICH ZU BEWEGEN.
SO, WO FINDE ICH ZARNIWOOP?
FÜNFZEHNTE ETAGE. NEHMEN SIE DIE NEUINSTALLIERTEN VERTIKALEN LEUTE-TRANSPORTER DER SIRIUS-KYBERNETIK-CORPORATION... DORT DRÜBEN.
...ABER SIR--
YEAH?
WARUM MÖCHTEN SIE MR. ZARNIWOOP SPRECHEN?
ICH HABE MICH SOEBEN AUS DEM NICHTS IN IHREM CAFÉ MATERIALISIERT, NACHDEM ICH MICH MIT DEM GEIST MEINES URGROSSVATERS GESTRITTEN HATTE...
KAUM WAR ICH DORT, DA PLATZTE MEIN FRÜHERES ICH, DAS MAL MEIN GEHIRN GESTEUERT HAT, IN MEINEN KOPF UND SAGTE: „BESUCHE ZARNIWOOP." ICH HABE NIE WAS GEHÖRT VON DEM TYPEN!
MISTER BEEBLEBROX, SIR... SIE SIND SO IRRE, SIE SOLLTEN ZUM FILM GEHN!
UND SIE, BABY... INS WAHRE LEBEN!

HE... MARVIN? WIE BIST DU HIER-HER GEKOMMEN?
ICH WEISS NICHT.
EBEN STAND ICH NOCH IM RAUMSCHIFF, UND WAR SEHR DEPRIMIERT... UND IM NÄCHSTEN AUGENBLICK STAND ICH HIER UND FÜHLTE MICH ÄUSSERST ELEND.
EIN UNWAHRSCHEINLICHKEITSFELD, NEHME ICH AN.
TAUSEND DANK, OPI.
UND? WIE GEHT'S DIR?
OCH, GUT... WENN'S EINEM ZUFÄLLIG BEHAGT, ICH ZU SEIN, WAS AUF MICH PERSÖNLICH NICHT ZUTRIFFT!
UND ICH HABE DIESE SCHMERZEN IN DEN DIODEN, DIE GANZE LINKE SEITE RUNTER...
JA, JA.
HE, WEISST DU WAS?
MEHR ALS SIE SICH VIELLEICHT VORSTELLEN KÖNNEN.
ICH BIN TODSICHER, DASS DIESES GEBÄUDE NICHT WACKELN SOLLTE.
HE--!
DAS HAUS WIRD BOMBADIERT!
RUMMMB
BBLLYY

WER IN DER GANZEN GALAXIS KÖNNTE DENN EINEN VERLAG BOMBARDIEREN WOLLEN ?
FRAAAAAAATT
WEEEEEEE
ka-BOOOM
PSST, BEEBLEBROX, HIER RÜBER !
NEIN, BEEBLEBROX... HIER DRÜBEN !
WER SIND SIE ?
EIN FREUND.
ACH WIRKLICH ? DER FREUND VON JEMAND BESONDEREM, ODER BLOSS ALLGEMEIN AUF LEUTE GUT ZU SPRECHEN ?
MEIN NAME IST ROOSTA. ZARNIWOOP HAT MICH GESCHICKT.
DIE REGIERUNG, DIE DU IM STICH GELASSEN HAST, IST DA, UM DICH ZU HOLEN, ZAPHOD. DAS DA DRAUSSEN SIND FROSCHSTERN-KRIEGER !
FROSCHSTERN-KRIEGER !
HEILIGER ZARQUON !
ker-RAAAACKKK

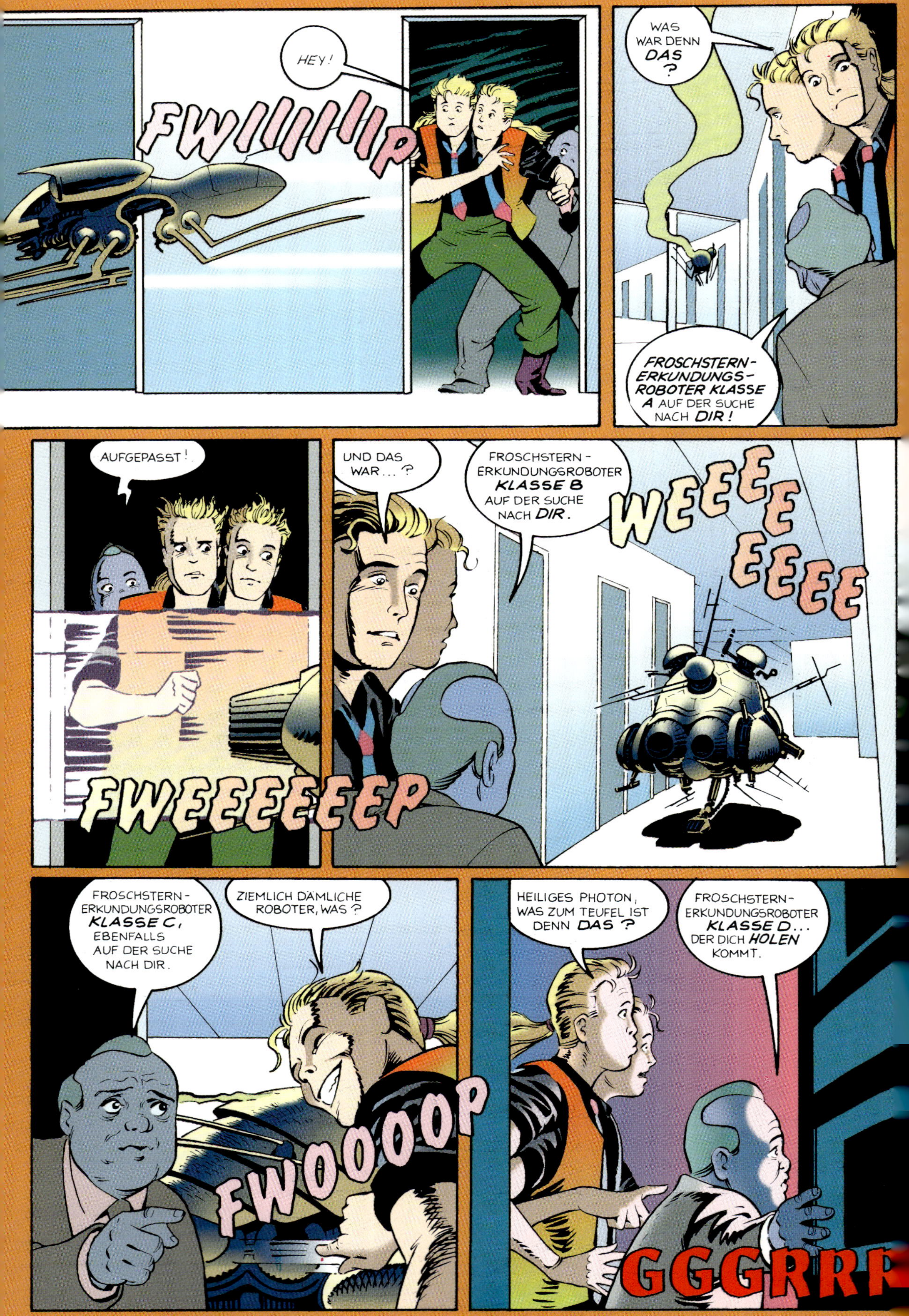
HEY!
FWIIIIIIP
WAS WAR DENN DAS?
FROSCHSTERN-ERKUNDUNGS-ROBOTER KLASSE A AUF DER SUCHE NACH DIR!
AUFGEPASST!
FWEEEEEEEP
UND DAS WAR ...?
FROSCHSTERN-ERKUNDUNGSROBOTER KLASSE B AUF DER SUCHE NACH DIR.
WEEEEEEEEE
FROSCHSTERN-ERKUNDUNGSROBOTER KLASSE C, EBENFALLS AUF DER SUCHE NACH DIR.
ZIEMLICH DÄMLICHE ROBOTER, WAS?
FWOOOOOP
HEILIGES PHOTON, WAS ZUM TEUFEL IST DENN DAS?
FROSCHSTERN-ERKUNDUNGSROBOTER KLASSE D... DER DICH HOLEN KOMMT.
GGGRRR

SOLLTEN WIR VIELLEICHT ABHAUEN?
ICH DENKE, JA.
MARVIN!
WAS WÜNSCHEN SIE?
SIEHST DU DEN ROBOTER, DER DA AUF UNS ZU-KOMMT?
crank
GRRRRRR
ICH NEHME AN, SIE MÖCHTEN, DASS ICH IHN *AUFHALTE*.
YEAH.
WÄHREND SIE IHRE HÄUTE RETTEN.
YEAH, DU BIST *KLASSE*!
NUR SO LANGE, WIE ICH WEISS, WORAN ICH BIN!
ZARNIV
PRIVATE

g-g-g-RRR
AUS DEM WEG, KLEINER ROBOTER.
TUT MIR LEID, MAN HAT MICH HIERGELASSEN, UM DICH AUFZUHALTEN.
TZZZZZZ
DU? MICH AUFHALTEN?
OKAY... WOMIT BIST DU BEWAFFNET?
RATE MAL!
BRRRMMM... LASERSTRAHLEN? ANTIMATERIEKANONE?
VIEL ZU NAHELIEGEND.
WIE STEHT'S MIT EINER ELEKTRONENRAMME?
WAS IST DENN DAS?

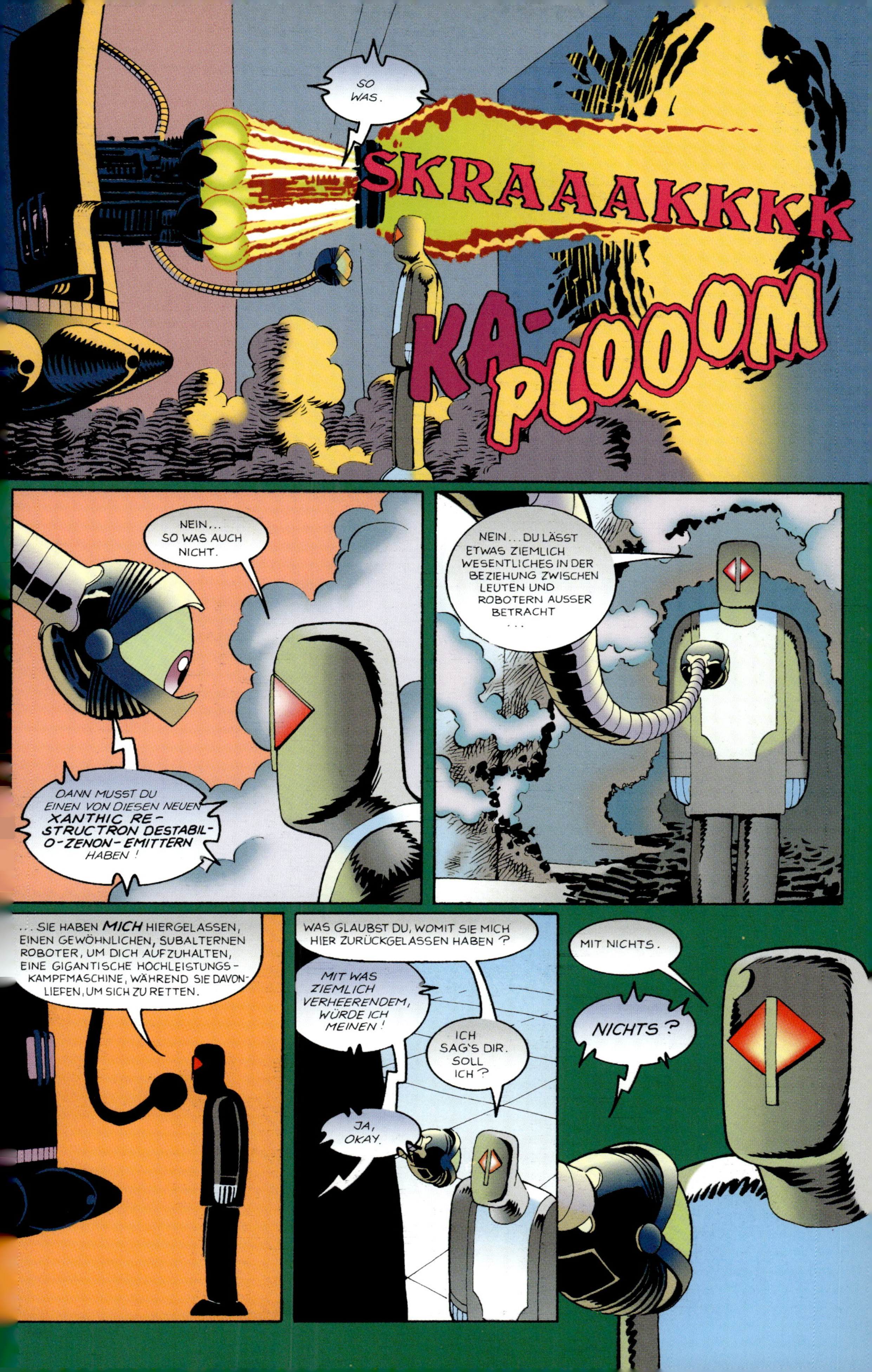
SO WAS.
SKRAAAKKKK
KA-PLOOOM
NEIN... SO WAS AUCH NICHT.
DANN MUSST DU EINEN VON DIESEN NEUEN XANTHIC RE-STRUCTRON DESTABIL-O-ZENON-EMITTERN HABEN!
NEIN... DU LÄSST ETWAS ZIEMLICH WESENTLICHES IN DER BEZIEHUNG ZWISCHEN LEUTEN UND ROBOTERN AUSSER BETRACHT...
...SIE HABEN MICH HIERGELASSEN, EINEN GEWÖHNLICHEN, SUBALTERNEN ROBOTER, UM DICH AUFZUHALTEN, EINE GIGANTISCHE HOCHLEISTUNGS-KAMPFMASCHINE, WÄHREND SIE DAVONLIEFEN, UM SICH ZU RETTEN.
WAS GLAUBST DU, WOMIT SIE MICH HIER ZURÜCKGELASSEN HABEN?
MIT WAS ZIEMLICH VERHEERENDEM, WÜRDE ICH MEINEN!
ICH SAG'S DIR. SOLL ICH?
JA, OKAY.
MIT NICHTS.
NICHTS?

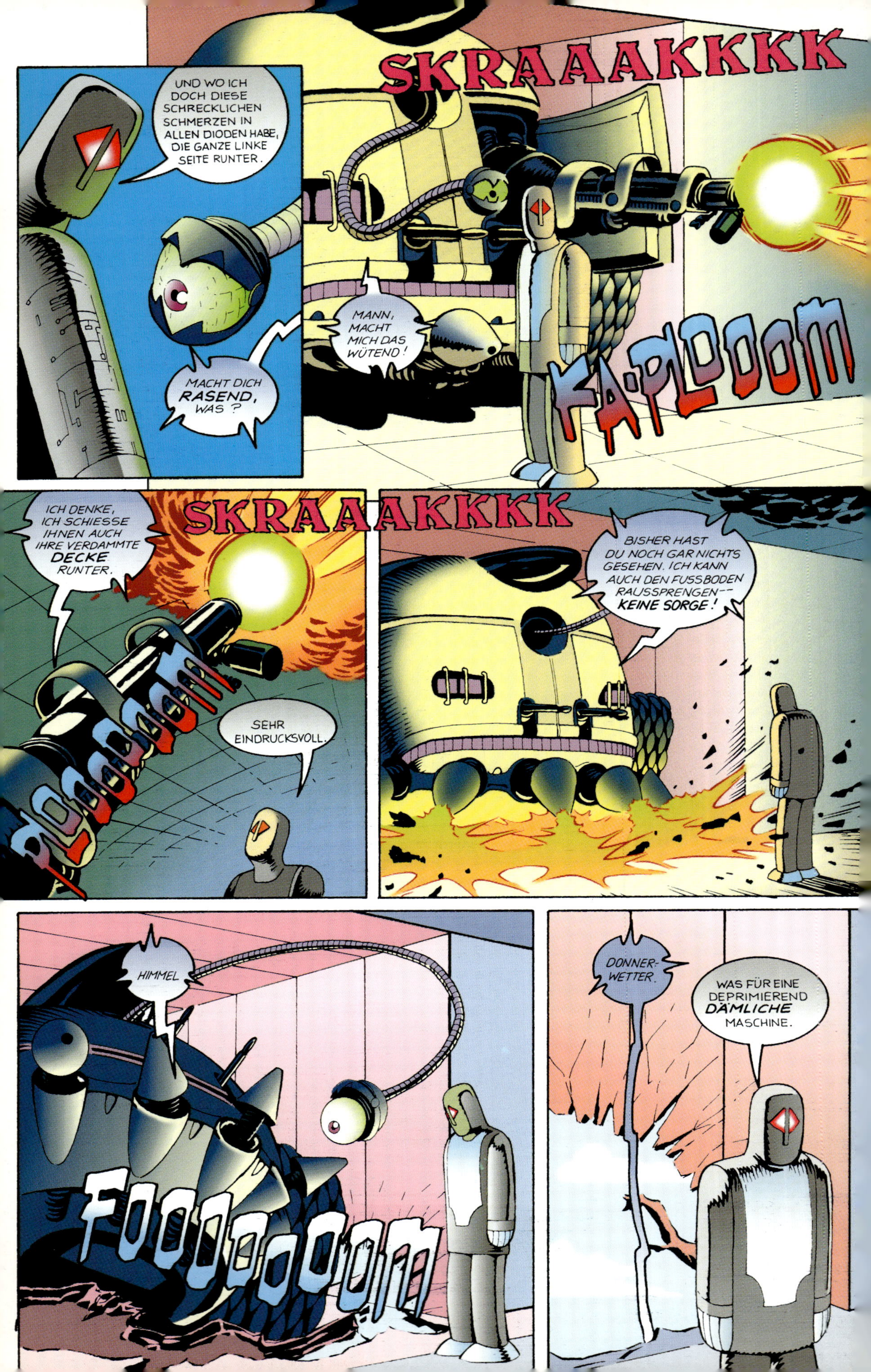
SKRAAAKKKK
UND WO ICH DOCH DIESE SCHRECKLICHEN SCHMERZEN IN ALLEN DIODEN HABE, DIE GANZE LINKE SEITE RUNTER.
MANN, MACHT MICH DAS WÜTEND!
MACHT DICH RASEND, WAS?
KA-PLOOOM
ICH DENKE, ICH SCHIESSE IHNEN AUCH IHRE VERDAMMTE DECKE RUNTER.
SKRAAAKKKK
SEHR EINDRUCKSVOLL.
BISHER HAST DU NOCH GAR NICHTS GESEHEN. ICH KANN AUCH DEN FUSSBODEN RAUSSPRENGEN-- KEINE SORGE!
HIMMEL
FOOOOOOOM
DONNERWETTER.
WAS FÜR EINE DEPRIMIEREND DÄMLICHE MASCHINE.

UNTERDESSEN...
SITZEN WIR ALSO JETZT BLOSS SO RUM, ROOSTA, ODER WAS ?
IST DOCH EGAL, SIE WERDEN DICH SO ODER SO ZUM FROSCHSTERN MITNEHMEN...
ACH WIRKLICH ? DA MÜSSEN SIE ERST MAL KOMMEN UND MICH KRIEGEN !
SIE SIND SCHON DA UND HABEN DICH. GUCK MAL.
DER BODEN FLIEGT WEG ! WO BRINGEN SIE DENN DEN BODEN HIN ?
SIE BRINGEN DAS GANZE GEBÄUDE ZUM FROSCHSTERN ... DEM ABSOLUT ÜBELSTEN ORT IM UNIVERSUM.
GIBT'S DA WAS ZU FUTTERN ?
KEINE SORGE, SIE WERDEN DICH FÜTTERN.
YEAH ?
YEAH, AN DEN TOTALEN DURCHBLICKSSTRUDEL VERFÜTTERN.
ALSO-- KEIN FUTTER, HE ?

HÖR ZU, ZAPHOD! MAN KANN JEMANDEN TÖTEN, SEINEN KÖRPER ZERSTÖREN, ABER NUR DER TOTALE DURCHBLICKS-STRUDEL KANN SEINE SEELE VERNICHTEN!
DIE BEHANDLUNG DAUERT NUR SEKUNDEN ... ABER DIE WIRKUNG HÄLT DEN REST DEINES LEBENS AN!
HAST DU SCHON MAL EINEN PANGALAKTISCHEN DONNERGURGLER GETRUNKEN?
DER IST SCHLIMMER.
PHÜÜOOH!
IRGEND`NE IDEE, WARUM DIESE TYPEN DAS MIT MIR MACHEN WOLLEN?
SIE GLAUBEN, DAS IST DER BESTE WEG, DICH FÜR IMMER ZU VERNICHTEN.
SIE WISSEN, HINTER WAS DU HER BIST.
KÖNNTEN SIE MIR NICHT `NE NACHRICHT ZUKOMMEN LASSEN, DAMIT AUCH ICH ES WEISS?
DU WEISST ES DOCH, BEEBLEBROX... DU WILLST DEN MANN TREFFEN, DER DAS UNIVERSUM REGIERT!
WAS MACHST DU HIER ÜBERHAUPT?
WAS HAT DAS ALLES MIT DIR ZU TUN?
ICH BIN BLOSS EINER VON DENEN, DIE DAS GANZE GEPLANT HABEN...
...ZUSAMMEN MIT ZARNIWOOP, YOODEN VRANX, DEINEM URGROSSVATER UND...
...UND DIR, BEEBLEBRÖX!
MIT MIR?

DER TOTALE DURCHBLICKSSTRUDEL STELLT SEIN BILD VOM GESAMTEN UNIVERSUM NACH DEM PRINZIP EXTRAPOLIERTER MATERIEANALYSEN HER.
UM DAS ZU ERKLÄREN... DA AUF JEDES MATERIETEILCHEN IM UNIVERSUM IN IRGENDEINER WEISE ALLE ANDEREN MATERIE-TEILCHEN IM UNIVERSUM EINWIRKEN...
...IST ES THEORETISCH MÖGLICH, DIE GESAMTHEIT DER SCHÖPFUNG, JEDE SONNE, JEDEN PLANETEN, IHRE UMLAUFBAHNEN, IHRE ZUSAMMENSETZUNG UND IHRE WIRTSCHAFTS- UND SOZIALGESCHICHTE ZU EXTRAPOLIEREN, ZUM BEISPIEL AUS...
...EINEM PUNSCHTÖRTCHEN.

DER MANN, DER DEN TOTALEN DURCHBLICKS-STRUDEL ERFAND, TAT DAS IM GRUNDE NUR, UM SEINE FRAU ZU ÄRGERN.
TRIN TRAGULA
HAB DOCH EIN BISSCHEN SINN FÜR VERHÄLTNISMÄSSIGKEITEN.
STÄNDIG NÖRGELTE SIE AN IHM HERUM, WEIL ER SO WAHNSINNIG VIEL ZEIT DAMIT ZUBRACHTE, IN DEN WELTRAUM ZU STARREN ODER SPEKTRALANALYSEN VON PUNSCHTÖRTCHEN HERZUSTELLEN...
...UND SO BAUTE ER DEN TOTALEN DURCHBLICKSSTRUDEL -- UM ES IHR EINFACH ZU ZEIGEN.
ANS EINE ENDE STÖPSELTE ER DIE GESAMTE WIRKLICHKEIT, WIE ER SIE AUS EINEM PUNSCHTÖRTCHEN EXTRAPOLIERT HATTE... UND ANS ANDERE ENDE STÖPSELTE ER SEINE FRAU.
ALS ER DEN STRUDEL EINSCHALTETE, SAH SIE IM SELBEN MOMENT DIE GANZE UNENDLICHKEIT DER SCHÖPFUNG UND SICH SELBST IM VERHÄLTNIS DAZU...
ZU TRIN TRAGULAS ENTSETZEN VERNICHTETE DER SCHRECK IHR GEHIRN BIS AUF DEN LETZTEN REST...
...ABER ZU SEINER BEFRIEDIGUNG STELLTE ER FEST, DASS ER EINES ÜBERZEUGEND NACHGEWIESEN HATTE: WENN IN EINEM UNIVERSUM VON DIESER GRÖSSE DAS LEBEN BESTAND HABEN WILL...
...DANN KANN ES SICH VOR ALLEM NICHT LEISTEN, SINN FÜR VERHÄLTNISMÄSSIGKEITEN ZU HABEN.

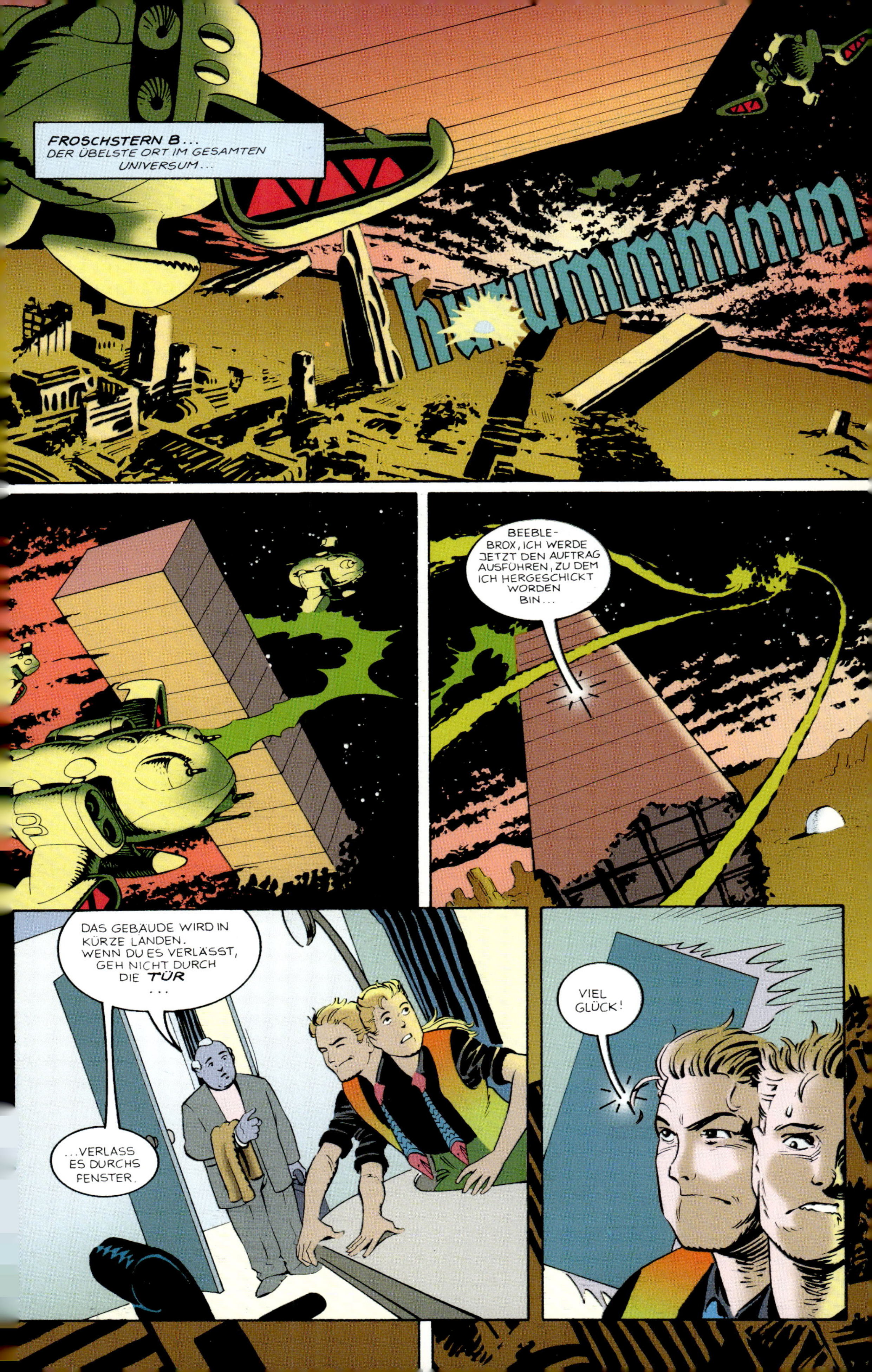
FROSCHSTERN B ...
DER ÜBELSTE ORT IM GESAMTEN UNIVERSUM ...
hurummmmmm
BEEBLE-BROX, ICH WERDE JETZT DEN AUFTRAG AUSFÜHREN, ZU DEM ICH HERGESCHICKT WORDEN BIN ...
DAS GEBÄUDE WIRD IN KÜRZE LANDEN. WENN DU ES VERLÄSST, GEH NICHT DURCH DIE TÜR ...
... VERLASS ES DURCHS FENSTER.
VIEL GLÜCK!

SLAM!
CRUNCH
KREEEE
WOAAHHHHHHHH!!
DAS SIND ALSO DIE SACHEN, DIE EUCH BIO-FORMEN SPASS MACHEN, WAS ?

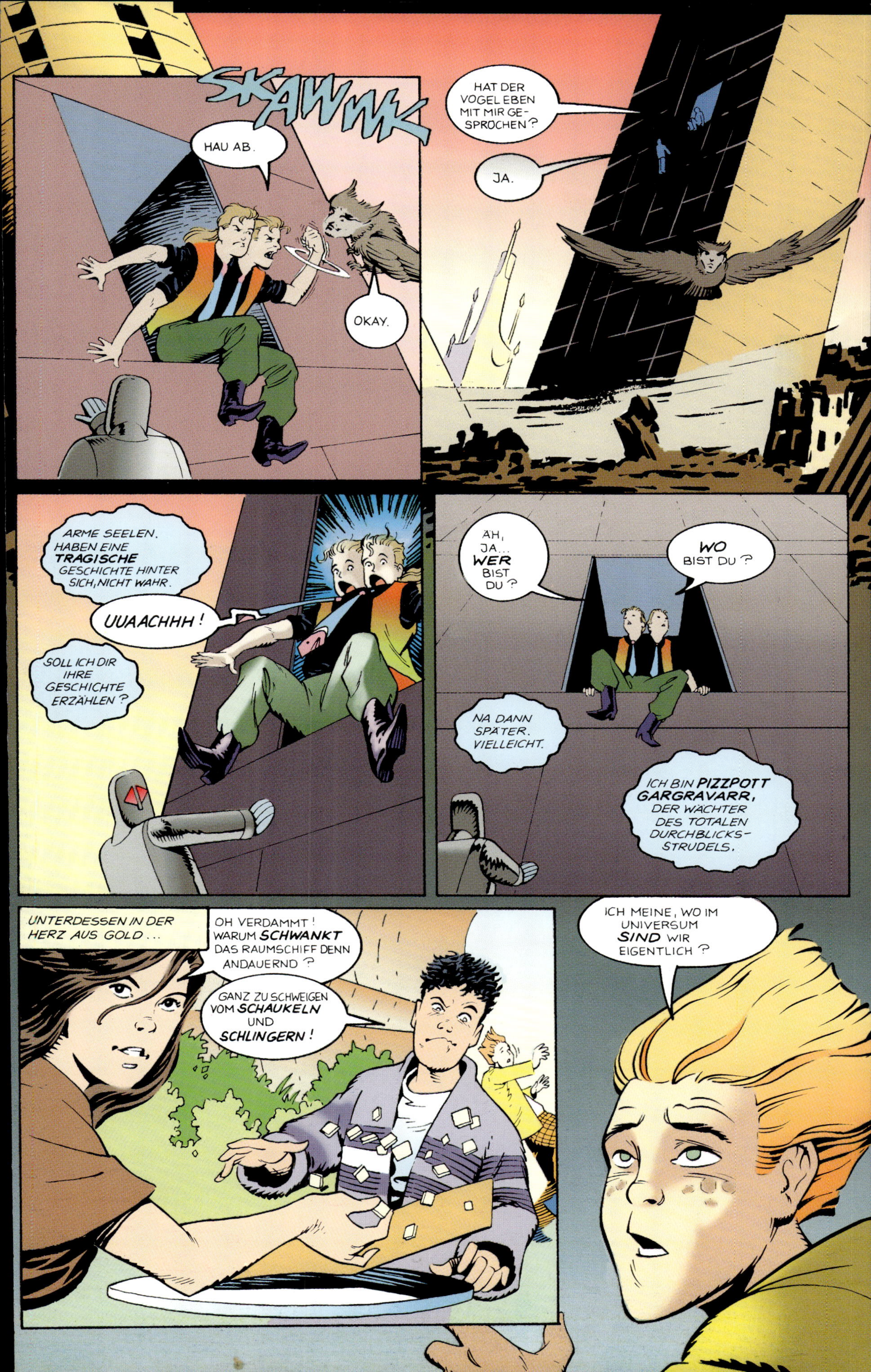
SKAWWK
HAU AB.
OKAY.
HAT DER VOGEL EBEN MIT MIR GE-SPROCHEN?
JA.
ARME SEELEN. HABEN EINE TRAGISCHE GESCHICHTE HINTER SICH, NICHT WAHR.
UUAACHHH!
SOLL ICH DIR IHRE GESCHICHTE ERZÄHLEN?
ÄH, JA... WER BIST DU?
WO BIST DU?
NA DANN SPÄTER. VIELLEICHT.
ICH BIN PIZZPOTT GARGRAVARR, DER WÄCHTER DES TOTALEN DURCHBLICKS-STRUDELS.
UNTERDESSEN IN DER HERZ AUS GOLD...
OH VERDAMMT! WARUM SCHWANKT DAS RAUMSCHIFF DENN ANDAUERND?
GANZ ZU SCHWEIGEN VOM SCHAUKELN UND SCHLINGERN!
ICH MEINE, WO IM UNIVERSUM SIND WIR EIGENTLICH?

WIEDER AUF DEM FROSCHSTERN...
AH, DA BIST DU JA. ENTSCHULDIGE, DASS ICH DICH DA OBEN SO HAB HÄNGEN LASSEN. KANN HÖHEN NICHT ERTRAGEN...
SO, DU SOLLST ALSO IN DEN STRUDEL, STIMMT'S ?
ÄH, NAJA...
...DAS HAT DOCH KEINE EILE... ICH KANN JA 'N BISSCHEN HERUMSCHLENDERN UND MIR DIE UMGEBUNG ANSEHEN.
NEIN. DU MUSST MIR JETZT FOLGEN. DER STRUDEL IST FÜR DICH BEREIT.
HE, WARTE MAL! WIE SOLL ICH DIR DENN FOLGEN?
ICH SUMME DIR WAS VOR. UND DU FOLGST EINFACH DEM SUMMEN.
HMM
HM
HMMM
HM
HM
HM
HMMMMM-?

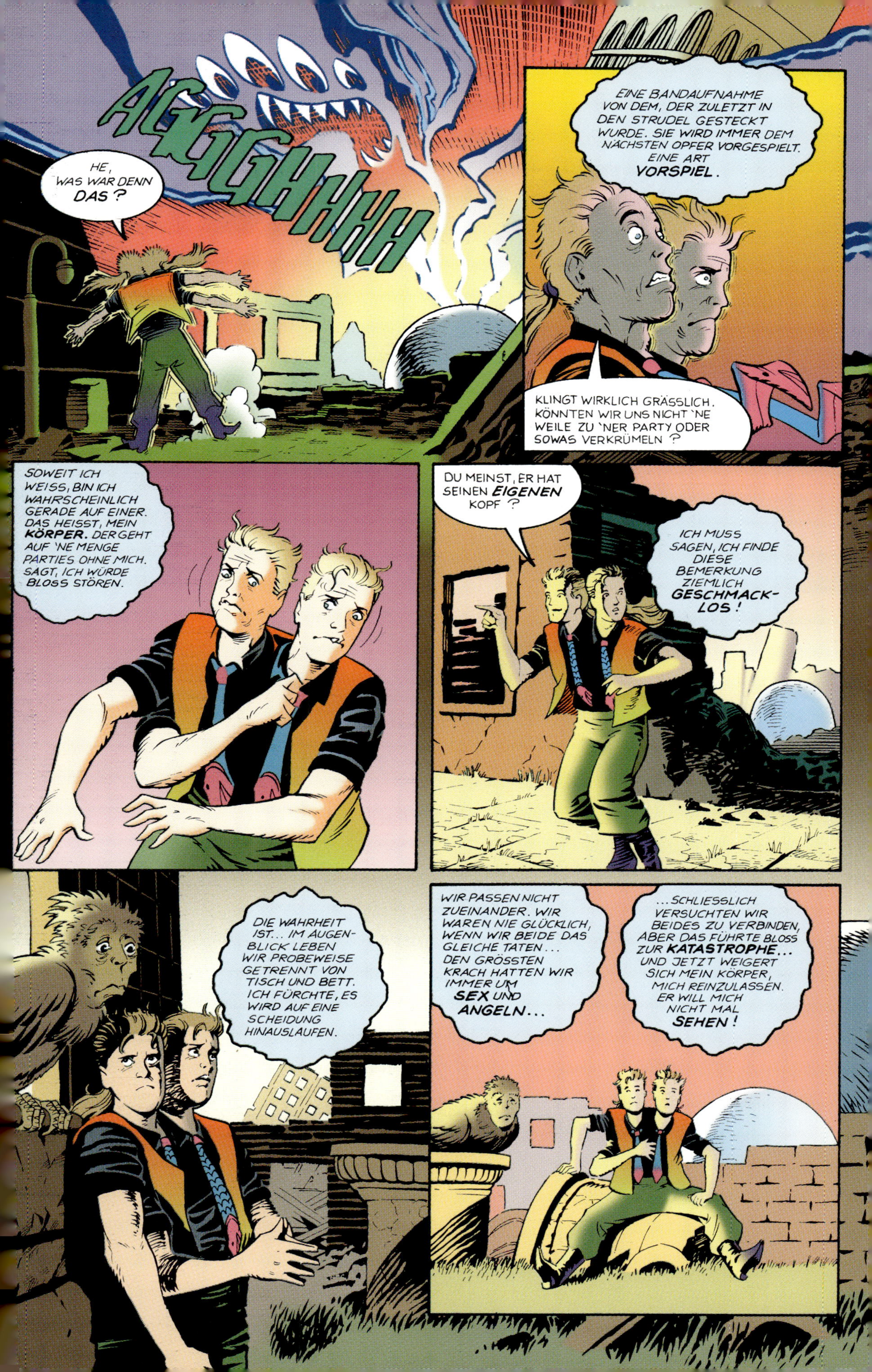
AGGGHHHHH
HE, WAS WAR DENN DAS ?
EINE BANDAUFNAHME VON DEM, DER ZULETZT IN DEN STRUDEL GESTECKT WURDE. SIE WIRD IMMER DEM NÄCHSTEN OPFER VORGESPIELT. EINE ART VORSPIEL.
KLINGT WIRKLICH GRÄSSLICH. KÖNNTEN WIR UNS NICHT 'NE WEILE ZU 'NER PARTY ODER SOWAS VERKRÜMELN ?
SOWEIT ICH WEISS, BIN ICH WAHRSCHEINLICH GERADE AUF EINER. DAS HEISST, MEIN KÖRPER. DER GEHT AUF 'NE MENGE PARTIES OHNE MICH. SAGT, ICH WÜRDE BLOSS STÖREN.
DU MEINST, ER HAT SEINEN EIGENEN KOPF ?
ICH MUSS SAGEN, ICH FINDE DIESE BEMERKUNG ZIEMLICH GESCHMACK-LOS !
DIE WAHRHEIT IST... IM AUGEN-BLICK LEBEN WIR PROBEWEISE GETRENNT VON TISCH UND BETT. ICH FÜRCHTE, ES WIRD AUF EINE SCHEIDUNG HINAUSLAUFEN.
WIR PASSEN NICHT ZUEINANDER. WIR WAREN NIE GLÜCKLICH, WENN WIR BEIDE DAS GLEICHE TATEN... DEN GRÖSSTEN KRACH HATTEN WIR IMMER UM SEX UND ANGELN...
...SCHLIESSLICH VERSUCHTEN WIR BEIDES ZU VERBINDEN, ABER DAS FÜHRTE BLOSS ZUR KATASTROPHE... UND JETZT WEIGERT SICH MEIN KÖRPER, MICH REINZULASSEN. ER WILL MICH NICHT MAL SEHEN !

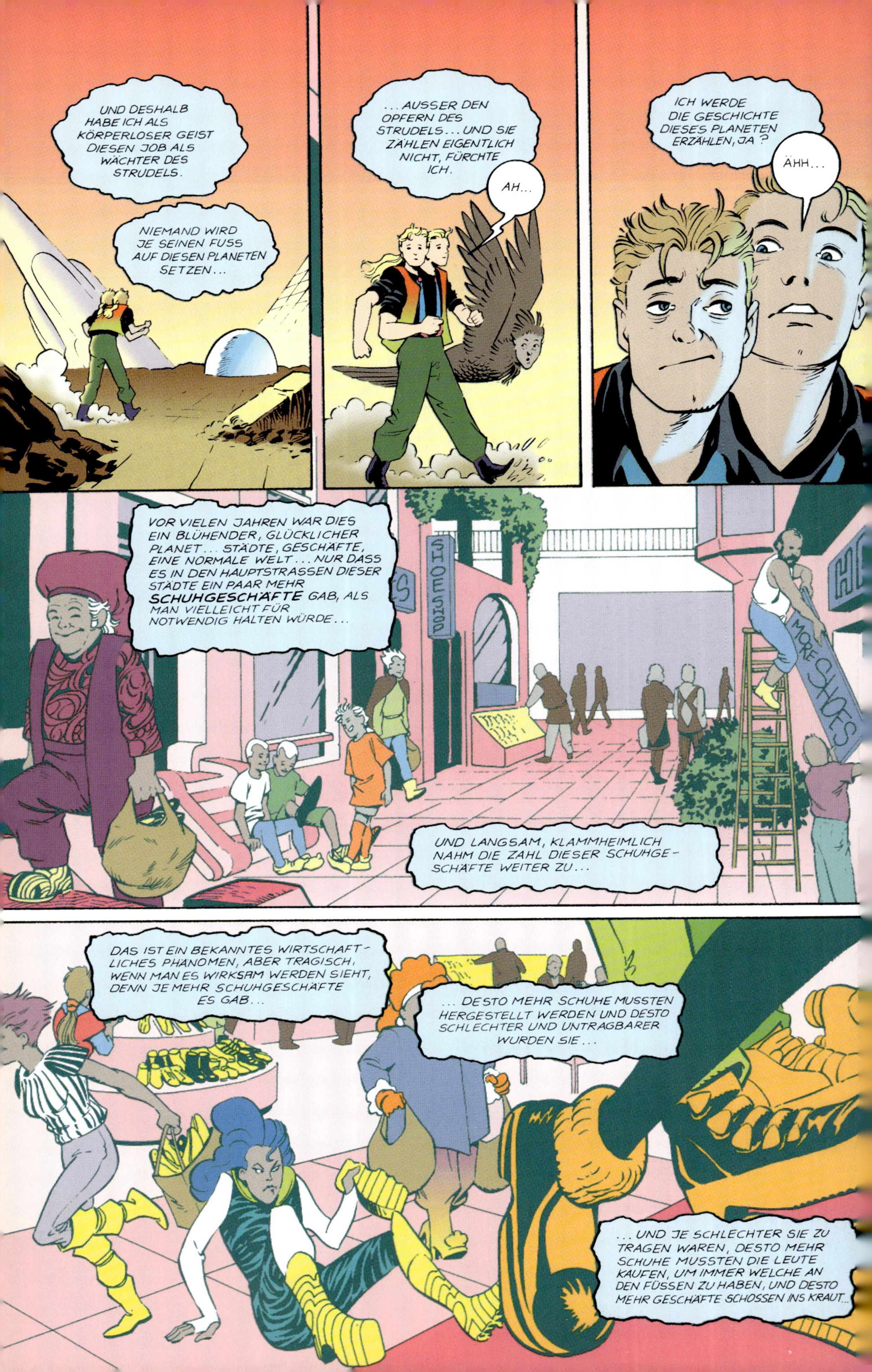
UND DESHALB HABE ICH ALS KÖRPERLOSER GEIST DIESEN JOB ALS WÄCHTER DES STRUDELS.
NIEMAND WIRD JE SEINEN FUSS AUF DIESEN PLANETEN SETZEN...
...AUSSER DEN OPFERN DES STRUDELS... UND SIE ZÄHLEN EIGENTLICH NICHT, FÜRCHTE ICH.
AH...
ICH WERDE DIE GESCHICHTE DIESES PLANETEN ERZÄHLEN, JA?
ÄHH...
VOR VIELEN JAHREN WAR DIES EIN BLÜHENDER, GLÜCKLICHER PLANET... STÄDTE, GESCHÄFTE, EINE NORMALE WELT... NUR DASS ES IN DEN HAUPTSTRASSEN DIESER STÄDTE EIN PAAR MEHR SCHUHGESCHÄFTE GAB, ALS MAN VIELLEICHT FÜR NOTWENDIG HALTEN WÜRDE...
SHOES SHOP
MORE SHOES
UND LANGSAM, KLAMMHEIMLICH NAHM DIE ZAHL DIESER SCHUHGESCHÄFTE WEITER ZU...
DAS IST EIN BEKANNTES WIRTSCHAFTLICHES PHÄNOMEN, ABER TRAGISCH, WENN MAN ES WIRKSAM WERDEN SIEHT, DENN JE MEHR SCHUHGESCHÄFTE ES GAB...
...DESTO MEHR SCHUHE MUSSTEN HERGESTELLT WERDEN UND DESTO SCHLECHTER UND UNTRAGBARER WURDEN SIE...
...UND JE SCHLECHTER SIE ZU TRAGEN WAREN, DESTO MEHR SCHUHE MUSSTEN DIE LEUTE KAUFEN, UM IMMER WELCHE AN DEN FÜSSEN ZU HABEN, UND DESTO MEHR GESCHÄFTE SCHOSSEN INS KRAUT...

...BIS DIE GESAMTE WIRTSCHAFT DAS ÜBERSCHRITT, WAS MAN DIE SCHUH-WETTBEWERBSGRENZE NENNT UND ES WIRTSCHAFTLICH UNMÖGLICH WURDE, ETWAS ANDERES ALS SCHUHGESCHÄFTE ZU ERRICHTEN...
...DAS RESULTAT: ZUSAMMENBRUCH, RUIN UND HUNGERSNOT. DER GRÖSSTE TEIL DER BEVÖLKERUNG STARB AUS...
...DIE MIT DEN RICHTIGEN GENEN VERWANDELTEN SICH IN VÖGEL, VERFLUCHTEN IHRE FÜSSE UND DEN ERDBODEN UND SCHWOREN, NIE WIEDER DEN FUSS DARAUF ZU SETZEN! ENDE DER GESCHICHTE.
UND DU STAMMST AUS DIESEM HÖLLENLOCH?
NEIN, ICH KOMME VON FROSCHSTERN C. WUNDERSCHÖNER ORT. FABELHAFTE ANGELMÖGLICHKEITEN.
DIES HIER SIEHT MIR GAR NICHT NACH EINEM STRUDEL AUS.
IST ER AUCH NICHT. DAS IST NUR DER AUFZUG. GEH REIN.
ICH MUSS MICH IN DIE RECHTE STIMMUNG VERSETZEN.
ES GIBT KEINE RECHTE STIMMUNG.

DU WEISST WIRKLICH, WIE MAN JEMAND DAZU BRINGT, SICH GANZ WINZIG ZU FÜHLEN.
ICH DOCH NICHT ...
...DAS MACHT DER STRUDEL.
IST ER ES?
ER IST ES!
UND ICH GEHE DA REIN?
DU GEHST DA REIN. UND ICH FÜRCHTE, DU MUSST ES JETZT TUN.
OKAY, OKAY.
HÄ!?

FORTSETZUNG FOLGT...

DISASTER AREA
LAST KISS BEFORE THE CATACLYSM

Teil 2

DIE ENTSTEHUNGSGESCHICHTE DES „RESTAURANTS“

Oft werde ich gefragt, woher ich meine Ideen beziehe, manchmal siebenundachtzigmal pro Tag. Das ist für Schriftsteller eine bekannte Gefahr, und die richtige Antwort auf die Frage ist, erst mal tief durchzuatmen, das Herzklopfen unter Kontrolle zu bekommen, den Geist mit friedlichen, beruhigenden Bildern von Vogelgezwitscher und Butterblumen auf Frühlingswiesen anzufüllen und dann versuchsweise zu sagen: „Tja, es ist sehr interessant, daß Sie das fragen…“, ehe man zusammenbricht und unbeherrscht zu wimmern beginnt.

Tatsache ist, ich weiß nicht, woher meine Ideen stammen, oder wo ich auch nur nach ihnen suchen sollte. Kein Schriftsteller weiß das. Das stimmt eigentlich nicht ganz. Wenn man ein Buch über die Paarungsgewohnheiten von Schweinen schriebe, würde man sich wahrscheinlich ein paar brauchbare Ideen beschaffen, indem man in einem Plastikmantel auf einem Bauernhof herumhängt, aber wenn man Romane schreibt, dann ist die einzige wirkliche Antwort, zu viel Kaffee in sich reinzuschütten und sich einen Schreibtisch zu kaufen, der nicht gleich zusammenbricht, wenn man mit dem Kopf dagegen donnert.

Ich übertreibe natürlich. Das ist mein Beruf. Es gibt ein paar spezielle Ideen, bei denen kann ich mich noch genau erinnern, wo sie herkamen. Zumindest glaube ich das: Vielleicht denke ich es mir aber auch bloß aus. Auch das ist mein Beruf. Wenn ich mir was Umfangreiches zu schreiben vornehme, höre ich mir oft dasselbe Musikstück immer und immer wieder an. Natürlich nicht, während ich wirklich am Schreiben bin. Dafür braucht man ziemliche Stille; aber während ich mir noch eine Tasse Kaffee hole oder mir Toaste schmiere oder meine Spiegel putze oder versuche, etwas mehr Toner für meinen Drucker zu finden oder meiner Gitarre neue Saiten aufziehe oder Kaffeetassen abräume und Toastkrümel von meinem Schreibtisch wische oder mich ins Bad zurückziehe, um mich dort hinzusetzen und eine halbe Stunde nachzudenken – mit anderen Worten, den größten Teil des Tages. Daher kommt es, daß viele meiner Ideen Songs entstammen. Na gut, wenigstens eine oder zwei. Um absolut genau zu sein, entstammt bloß eine einzige Idee einem Song, aber ich bleibe bei der Gewohnheit, falls sie mal wieder Früchte trägt, was sie nicht tun wird, aber egal.

Die Idee zu DAS RESTAURANT AM ENDE DES UNIVERSUMS ging von einem Stück von Procol Harum aus, das „Grand Hotel“ hieß. Im größten Teil des Songs wird ein prunkvolles Restaurant geschildert: Silber, Kerzenlicht, Kronleuchter usw. Gegen Ende des Songs dann gibt es einen langen Instrumentalteil, der aus keinem ohne weiteres ersichtlichen Grund zu einem gewaltigen Höhepunkt anschwillt. Ich überlegte mir, was dieser Höhepunkt wohl bedeuten sollte. Ich aß ein Stückchen Toast und dachte drüber nach. „Tja“, dachte ich, „es ist wahrscheinlich einfach das Universum, das zu Ende geht.“

So, nun wissen Sie, wie's geht. Simpel, nicht?

Douglas Adams, London 1994

DAS UNIVERSUM-EINIGE INFORMATIONEN DIE IHNEN HELFEN DARIN ZU LEBEN
1. AREAL
2. IMPORTE
3. EXPORTE
4. BEVÖLKERUNG
1 AUSDEHNUNG: UNENDLICH. DER REISEFÜHRER PER ANHALTER DURCH DIE GALAXIS BIETET DIE FOLGENDE DEFINITION DES WORTES „UNENDLICH":
GRÖSSER ALS DAS ALLERGRÖSSTE UND DANN NOCH EIN BISSCHEN GRÖSSER. WIRKLICH UNGEHEUER IMMENS, GIGANTISCH, MULTIPLIZIERT MIT KOLOSSAL, MULTIPLIZIERT MIT UNGLAUBLICH RIESENHAFT.
2 IMPORTE: KEINE. ES IST UNMÖGLICH, ETWAS IN EIN UNENDLICH GROSSES GEBIET ZU IMPORTIEREN, WEIL ES KEINE ÄUSSERE UMGEBUNG HAT, AUS DER MAN ETWAS IMPORTIEREN KÖNNTE.
3 EXPORTE: KEINE. SIEHE IMPORTE.
4 BEVÖLKERUNG: KEINE. ES IST BEKANNT, DASS ES EINE UNENDLICHE ANZAHL AN WELTEN GIBT, EINFACH WEIL ES UNENDLICH VIEL RAUM GIBT, IN DEM SIE ENTHALTEN SEIN KÖNNTEN...
... DOCH NICHT JEDE VON IHNEN IST BEWOHNT. DAHER MUSS ES EINE ENDLICHE ANZAHL BEWOHNTER WELTEN GEBEN. JEDE ENDLICHE ZAHL, DIE MAN DURCH UNENDLICH TEILT, ERGIBT FAST NICHTS, WAS NOCH INS GEWICHT FIELE...
... ALSO KANN MAN SAGEN, DASS DIE DURCHSCHNITTSBEVÖLKERUNG ALLER PLANETEN DES UNIVERSUMS NULL IST. DARAUS FOLGT, DASS AUCH DIE BEVÖLKERUNG DES GESAMTEN UNIVERSUMS NULL IST...
... UND DASS ALLE LEUTE DENEN MAN VON ZEIT ZU ZEIT BEGEGNET, LEDIGLICH PRODUKTE EINER GESTÖRTEN EINBILDUNGSKRAFT SIND.
MANN!

DAS UNIVERSUM IST VERWIRREND GROSS, WAS DIE MEISTEN LEUTE UM EINES GERUHSAMEN LEBENS WILLEN GERNE IGNORIEREN.
VIELE WÜRDEN MIT FREUDEN IN IRGENDWAS KLEINERES UMZIEHEN, WO ES NACH IHREN VORSTELLUNGEN ZUGINGE, UND DAS TUN DIE MEISTEN AUCH.
ZUM BEISPIEL BEFINDET SICH IN EINEM WINKEL DES GALAKTISCHEN OSTARMS DER GROSSE WALDPLANET **OGLARUN**, DESSEN GESAMTE „INTELLIGENTE" BEVÖLKERUNG PERMANENT AUF EINEM EINZIGEN ZIEMLICH KLEINEN UND ÜBERFÜLLTEN NUSSBAUM LEBT.
42
AUF DIESEM BAUM WERDEN SIE GEBOREN, LEBEN SIE, VERLIEBEN SICH UND SCHNITZEN WINZIGE SPEKULATIVE AUFSÄTZE ÜBER DEN SINN DES LEBENS, DIE SINNLOSIGKEIT DES TODES UND DIE WICHTIGKEIT DER GEBURTENKONTROLLE IN DESSEN RINDE.
SIE FÜHREN EIN PAAR ÄUSSERST BEDEUTUNGSLOSE KRIEGE UND STERBEN SCHLIESSLICH, AN DIE UNTERSEITE EINIGER WENIGER LEICHT ERREICHBARER ÄUSSERER ZWEIGE GESCHNALLT.

TATSÄCHLICH SIND DIE EINZIGEN OGLARUNIER, DIE JE DEN BAU VERLASSEN, DIEJENIGEN, DIE WEGEN DES ABSCHEULICHEN VERBRECHENS HINUNTERGESTOSSEN WERDEN, DASS SIE SICH GEFRAGT HABEN, OB EINER VON DEN ANDEREN BÄUMEN ÜBERHAUPT LEBEN ENTHALTEN KÖNNE...
...ODER OB DIE ANDEREN BÄUME VIELMEHR NICHTS ANDERES ALS WAHNBILDER SIND, DIE DER GENUSS VON ZU VIELEN OGLANÜSSEN AUSGELÖST HAT.
SO EXOTISCH DIESES VERHALTEN AUCH ERSCHEINEN MAG, ES GIBT KEINE BIOFORM IN DER GALAXIS, DIE SICH NICHT SO ODER SO DERSELBEN SACHE SCHULDIG GEMACHT HÄTTE.
WAS DER GRUND DAFÜR IST, DASS DER TOTALE DURCHBLICKSSTRUDEL SO SCHRECKLICH IST, WIE ER NUN MAL IST.
DENN WENN MAN IN DEN STRUDEL GESTECKT WIRD, ERHÄLT MAN NICHTS WEITER ALS EINEN GANZ KURZEN EINBLICK IN DIE GANZE UNVORSTELLBARE UNENDLICHKEIT DER SCHÖPFUNG.
UND IRGENDWO DARIN SIEHT MAN EINEN WINZIGKLEINEN PFEIL, EINEN MIKROSKOPISCH KLEINEN PUNKT AUF EINEM MIKROSKOPISCH KLEINEN PUNKT, AUF DEM STEHT: HIER STEHST DU.
HI! KÖNNTE ICH BITTE EINEN DRINK BEKOMMEN!
BEEBLEBROX!!!

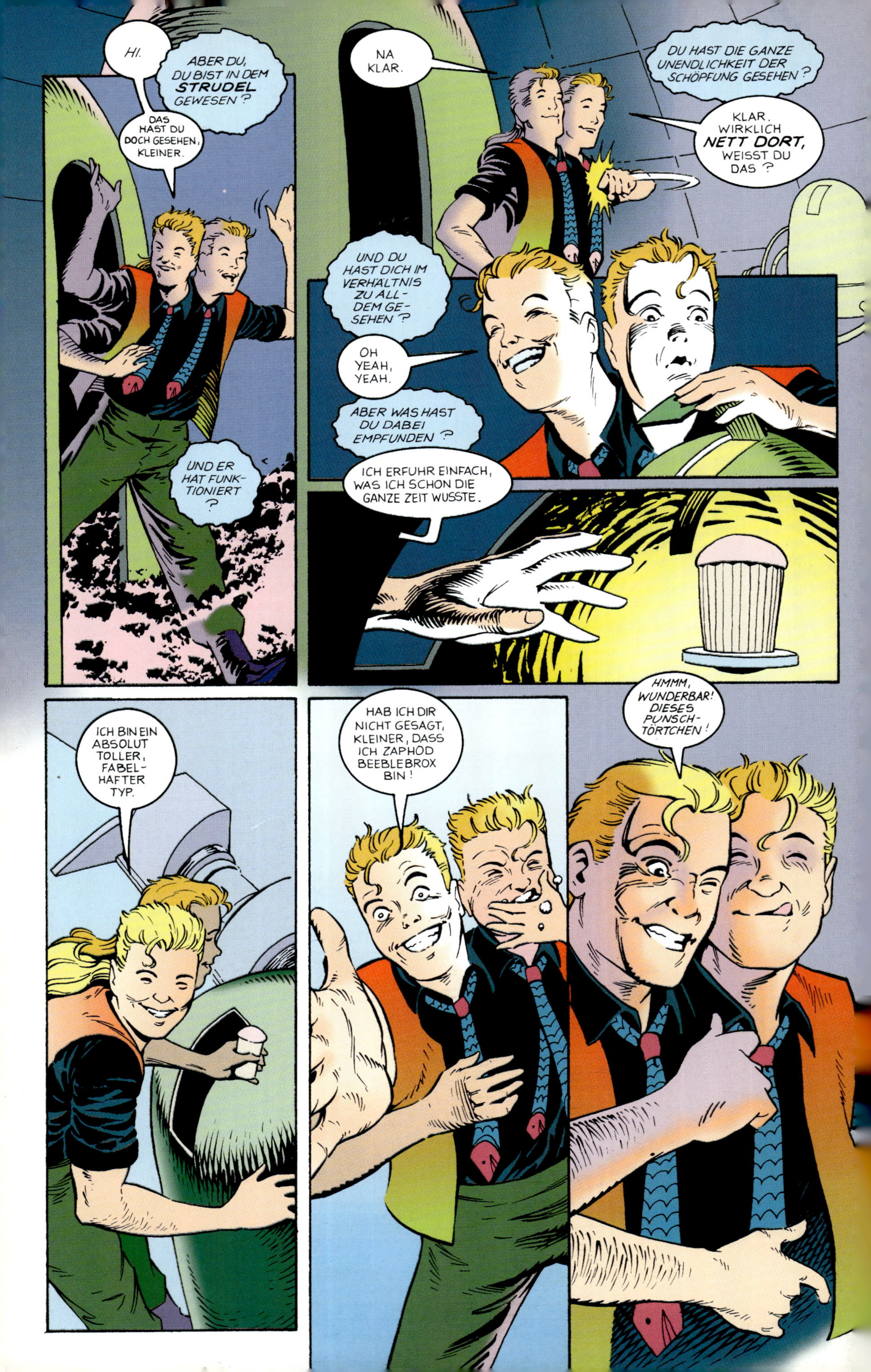
HI.
ABER DU, DU BIST IN DEM **STRUDEL** GEWESEN?
DAS HAST DU DOCH GESEHEN, KLEINER.
NA KLAR.
DU HAST DIE GANZE UNENDLICHKEIT DER SCHÖPFUNG GESEHEN?
KLAR. WIRKLICH **NETT DORT,** WEISST DU DAS?
UND DU HAST DICH IM VERHÄLTNIS ZU ALL-DEM GESEHEN?
OH YEAH, YEAH.
ABER WAS HAST DU DABEI EMPFUNDEN?
UND ER HAT FUNKTIONIERT?
ICH ERFUHR EINFACH, WAS ICH SCHON DIE GANZE ZEIT WUSSTE.
ICH BIN EIN ABSOLUT TOLLER, FABELHAFTER TYP.
HAB ICH DIR NICHT GESAGT, KLEINER, DASS ICH ZAPHOD BEEBLEBROX BIN!
HMMM, WUNDERBAR! DIESES PUNSCH-TÖRTCHEN!

UND SO GIBT DER ZIEMLICH VERDUTZTE GARGRAVARR ZAPHOD EINEN VORSPRUNG, EHE ER SEINE BOSSE VON DESSEN FLUCHT UNTER-RICHTET.

SNAK
HMMMMM
DIE KREUZFLUGLINIE TRANSTELLA MÖCHTE SICH BEI IHREN PASSAGIEREN FÜR DIE WEITERE VERZÖGERUNG DIESES FLUGES ENTSCHULDIGEN.
GEGENWÄRTIG ERWARTEN WIR ZUR ERGÄNZUNG UNSERER VORRÄTE DIE VERLADUNG **KLEINER ZITRONENSAFTGETRÄNKTER PAPIERSERVIETTEN** FÜR IHRE BEHAGLICHKEIT, ERFRISCHUNG UND HYGIENE WÄHREND DER REISE.
VIELEN DANK FÜR IHRE GEDULD. UNSERE STEWARDESSEN WERDEN IHNEN IN KÜRZE ERNEUT KAFFEE UND KEKSE SERVIEREN.
FLIGHT 87ESSI
DELAYED 900y
VERSPÄTUNG ... NEUNHUNDERT JAHRE!
MANN!

GEHEN SIE BITTE AUF IHREN PLATZ ZURÜCK, SIR.
GEHEN SIE BITTE AUF IHREN PLATZ ZURÜCK.
GUTEN ABEND, MEINE DAMEN UND HERREN. VIELEN DANK FÜR DIE NACHSICHT, DIE SIE WÄHREND DIESER KLEINEN VERZÖGERUNG MIT UNS HATTEN. WIR STARTEN SOBALD WIE MÖGLICH.
HUUUU UAH!
AGGHHH HHHHHHH
WENN SIE JETZT FREUNDLICHERWEISE AUFWACHEN WÜRDEN, SERVIERE ICH IHNEN KAFFEE UND KEKSE.
AGGH HHHH
KAFFEE, SIR? KEKSE?
BASH!

PASSAGIERE HABEN ZUR PILOTENKANZEL KEINEN ZUTRITT. GEHEN SIE BITTE AUF IHREN PLATZ ZURÜCK UND WARTEN SIE DARAUF, DASS DAS RAUMSCHIFF STARTET.
HÄ?
BANG
BANG
GEHEN SIE BITTE AUF IHREN PLATZ ZURÜCK. PASSAGIERE HABEN ZUR PILOTENKANZLEI KEINEN ZUTRITT.
ICH BIN KEIN PASSAGIER.
GEHEN SIE BITTE AUF IHREN PLATZ ZURÜCK.
SIND SIE DER MIT DER FÜHRUNG DIESES RAUMSCHIFFES BEAUFTRAGTE AUTO-PILOT?
ES HAT EINE VERZÖGERUNG GEGEBEN. DIE PASSAGIERE SIND ZU IHRER ANNEHMLICHKEIT UND BEQUEMLICHKEIT VORÜBERGEHEND IN SCHEINTOTEM ZUSTAND ZU HALTEN.
KAFFEE UND KEKSE WERDEN JEDES JAHR SERVIERT, WONACH DIE PASSAGIERE ZU IHRER ANNEHMLICHKEIT UND BEQUEMLICHKEIT WIEDER IN SCHEINTOD ÜBERFÜHRT WERDEN.
DER ABFLUG FINDET STATT, SOBALD UNSER FLUGPROVIANT KOMPLETT IST. WIR BEDAUERN DIE VERZÖGERUNG.
VERZÖGERUNG? HABEN SIE DIE WELT AUSSERHALB DIESES RAUMSCHIFFS GESEHEN? IHRE ZIVILISATION IST FUTSCH UND WEG, MANN. ES SIND KEINE ZITRONENSAFTGETRÄNKTEN SERVIETTEN VON NIRGENDWOHER UNTERWEGS!
NACH DER STATISTISCHEN WAHRSCHEINLICHKEIT WERDEN ANDERE ZIVILISATIONEN ENTSTEHEN. EINES TAGES WIRD ES AUCH WIEDER ZITRONENSAFTGETRÄNKTE SERVIETTEN GEBEN.
BIS DAHIN HABEN WIR...
...EINE KLEINE VERZÖGERUNG.
GEHEN SIE AUF IHREN PLATZ ZURÜCK.
ABER...

ZAPHOD BEEBLEBROX, MEIN NAME IST ZARNIWOOP. ICH GLAUBE, SIE WOLLTEN MICH SPRECHEN.
OH MANN, OH MANN! WO KOMMEN SIE DENN PLÖTZLICH HER?
ICH HABE HIER AUF SIE GEWARTET.
ICH BIN FROH, DASS SIE DIE ANWEISUNGEN BEFOLGT HABEN, DIE ROOSTA IHNEN GEGEBEN HAT. ICH HATTE ICH EIN BISSCHEN BANGE, SIE HÄTTEN MEIN BÜRO VIELLEICHT DURCH DIE TÜR STATT DURCHS FENSTER VERLASSEN...
...DANN HÄTTEN SIE IN DER PATSCHE GESESSEN.
JA, ICH WEISS... ICH MEINE... WAS?
ALS SIE MEIN BÜRO DURCH DIE TÜR BETRATEN, BETRATEN SIE MEIN ELEKTRONISCH SYNTHETISIERTES UNIVERSUM. WÄREN SIE DURCH DIE TÜR HINAUSGEGANGEN, WÄREN SIE WIEDER IM WIRKLICHEN UNIVERSUM GELANDET.
DAS KÜNSTLICHE FUNKTIONIERT VON HIER AUS.
WAS IST DER UNTERSCHIED?
KEINER. SIE SIND IDENTISCH. OH, AUSSER DASS DIE FROSCHSTERNKRIEGER IM WIRKLICHEN UNIVERSUM GRAU SIND, GLAUBE ICH.
WAS GEHT HIER VOR?

SEHR EINFACH. ICH HABE DIE KOORDINATEN ENTDECKT, AUF DENEN **DER MANN, DER DAS UNIVERSUM REGIERT,** GEFUNDEN WERDEN KÖNNTE. SEINE WELT WIRD DURCH EIN UNWAHRSCHEINLICHKEITSFELD GESICHERT.
UM MEIN GEHEIMNIS UND MICH SELBST ZU SCHÜTZEN, ZOG ICH MICH IN DIE GEBORGENHEIT DIESES KÜNSTLICHEN UNIVERSUMS ZURÜCK UND VERSTECKTE MICH IN EINEM VERGESSENEN KREUZFLUG-LINER.
UNTERDESSEN KAMEN SIE UND ICH ...
SIE UND ICH? SIE MEINEN, ICH HABE SIE **GEKANNT**?
JA. SEHR GUT.
WIE GESCHMACKLOS VON MIR.
UNTERDESSEN KAMEN SIE UND ICH ÜBEREIN, DASS SIE DAS UNWAHRSCHEINLICHKEITSDRIVE-RAUMSCHIFF STEHLEN WÜRDEN -- DAS EINZIGE, DAS IN DAS REICH DES HERRSCHERS EINDRINGEN -- UND ES ZU MIR BRINGEN KÖNNTE.
ACH, UND FALLS SIE SICH DAS FRAGEN: DIESES UNIVERSUM HIER WURDE AUSSCHLIESSLICH FÜR IHREN BESUCH GESCHAFFEN. DAHER SIND SIE DIE WICHTIGSTE PERSON IN DIESEM UNIVERSUM.
IM WIRKLICHEN UNIVERSUM HÄTTEN SIE DEN TOTALEN DURCHBLICKS-STRUDEL NIEMALS ÜBERLEBT.
PSSTT
GEHEN WIR?
AGGHHHHHHHHH
WOHIN DENN?
ZUR **HERZ AUS GOLD.** SIE HABEN SIE DOCH HOFFENTLICH MITGEBRACHT?
NEIN.

EIN SEHR BEMERKENSWERTES RAUMSCHIFF...
...SEHR STARK...
KRRRP
AUF EINEM UNWAHRSCHEINLICHKEITSLEVEL VON...OH, ICH WEISS NICHT, ABER VON WAS SEHR HOHEM.
SIE MEINEN, ICH HATTE ES DIE GANZE ZEIT BEI MIR?
ADIEU, KÜNSTLICHES UNIVERSUM, HALLO, WIRKLICHES.
clik
SEHEN SIE? GENAU DASSELBE.
SIE MEINEN, ICH HATTE ES DIE GANZE ZEIT BEI MIR!
OH JA. DAS WAR JA DER SPRINGENDE PUNKT.
DAS REICHT. DAS SPIEL IST AUS. ICH MACHE NICHT MEHR MIT.
TUT MIR LEID, SIE KOMMEN DA NICHT RAUS. SIE HÄNGEN IM UNWAHRSCHEINLICHKEITSFELD FEST. SIE KÖNNEN NICHT ENTFLIEHEN.
SMAK!

UNTERDESSEN AN BORD DER HERZ AUS GOLD ...
ARTHUR! TRILLIAN! WACHT AUF. ES FUNKTIONIERT WIEDER! DAS SCHIFF HAT WIEDER SAFT. WIR FLIEGEN LOS, WIR SIND SCHON WEG.
HALLO, FREUNDE! ES IST WIRKLICH HERRLICH, WIEDER BEI EUCH ZU SEIN, UND ICH MÖCHTE EUCH NUR SAGEN, DASS ...
SCHNAUZE! SAG UNS, WO WIR SIND.
FROSCHSTERN B. JUNGEJUNGE, WAS FÜR EINE MÜLLHALDE!
ZAPHOD!
IHR SEID SICHER SO WAHNSINNIG FROH, MICH WIEDERZUSEHEN, DASS IHR NICHT MAL WORTE FINDET, UM MIR ZU SAGEN, WAS FÜR EIN COOLER FROOD ICH BIN.
WAS? EIN WAS?
HI, FORD. HI, TRILLIAN, AFFENMÄNNCHEN...
COMPUTER!
HALLO, MR. BEEBLEBROX, SIR, ES IST SELBSTVERSTÄNDLICH EINE GROSSE EHRE FÜR ...
HALT DIE KLAPPE UND BRING UNS HIER RAUS, SCHNELL SCHNELL!
WOHIN?
IRGENDWOHIN, GANZ EGAL.
NICHT EGAL. WIR WOLLEN ZUM NÄCHSTBESTEN LOKAL, WO'S WAS ZU ESSEN GIBT.
KLARE SACHE.
POOF!
?

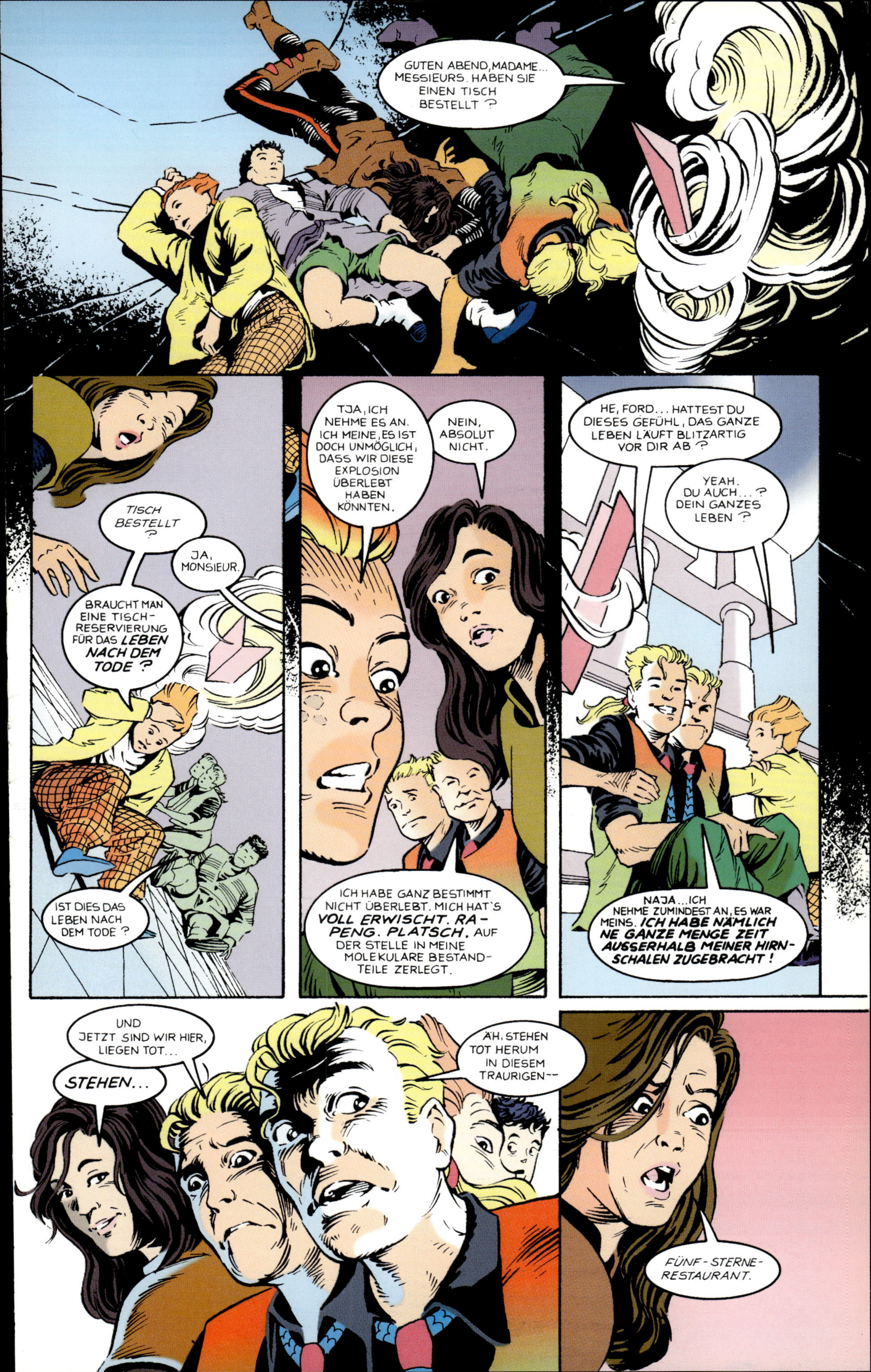
GUTEN ABEND, MADAME... MESSIEURS. HABEN SIE EINEN TISCH BESTELLT ?
TISCH BESTELLT ?
JA, MONSIEUR.
BRAUCHT MAN EINE TISCH-RESERVIERUNG FÜR DAS LEBEN NACH DEM TODE ?
IST DIES DAS LEBEN NACH DEM TODE ?
TJA, ICH NEHME ES AN. ICH MEINE, ES IST DOCH UNMÖGLICH, DASS WIR DIESE EXPLOSION ÜBERLEBT HABEN KÖNNTEN.
NEIN, ABSOLUT NICHT.
ICH HABE GANZ BESTIMMT NICHT ÜBERLEBT. MICH HAT'S VOLL ERWISCHT. RA-PENG. PLATSCH. AUF DER STELLE IN MEINE MOLEKULARE BESTAND-TEILE ZERLEGT.
HE, FORD... HATTEST DU DIESES GEFÜHL, DAS GANZE LEBEN LÄUFT BLITZARTIG VOR DIR AB ?
YEAH. DU AUCH... ? DEIN GANZES LEBEN ?
NAJA... ICH NEHME ZUMINDEST AN, ES WAR MEINS. ICH HABE NÄMLICH NE GANZE MENGE ZEIT AUSSERHALB MEINER HIRN-SCHALEN ZUGEBRACHT !
UND JETZT SIND WIR HIER, LIEGEN TOT...
STEHEN...
ÄH, STEHEN TOT HERUM IN DIESEM TRAURIGEN--
FÜNF-STERNE-RESTAURANT.

UND JETZT STEHEN WIR ALSO TOT RUM IN DIESEM TRAURIGEN FÜNF-STERNE-RESTAURANT ?
HMM. HÜBSCHE KRONLEUCHTER.
KOMISCH, NICHT ?
ES IST WENIGER EIN LEBEN NACH DEM TODE... ALS SO-WAS WIE EIN APRÈS-VIE.
HE, WARTET MAL, IHR TOTEN KERLE. ICH GLAUBE, UNS FEHLT HIER WAS ULTRA-WICHTIGES, NICHT? ETWAS, DAS JEMAND GE-SAGT HAT.
ICH HABE GESAGT, ES WÄRE SOWAS WIE EIN APRÈS-VIE...
YEAH -- UND WÄRE DIR NICHT LIEBER, DU HÄTTEST ES NICHT GESAGT ?
FORD ?
GLICK
ICH HABE GESAGT: KOMISCH, NICHT ?
YEAH, PFIFFIG, ABER BLÖD. VIELLEICHT WAR ES...
VIELLEICHT HÄTTEN SIE NICHTS DAGEGEN, DAS THEMA BEI EIN PAAR DRINKS ZU ERÖRTERN ?
DRINKS! DAS WAR ES! DA SIEHT MAN, WAS MAN VERSÄUMT, WENN MAN NICHT AUFPASST.
SEHR WOHL, MONSIEUR. WENN MADAME UND MESSIEURS DRINKS VOR DEM ESSEN NEHMEN WOLLEN, DANN WIRD DAS UNI-VERSUM SPÄTER ZU IHREM VERGNÜGEN EXPLODIEREN.

MANN, WAS FÜR DRINKS SERVIEREN SIE DENN HIER?
AH, ICH GLAUBE, MONSIEUR HABEN MICH VIELLEICHT MISSVERSTANDEN.
ES IST NICHT UNGEWÖHNLICH, DASS UNSERE GÄSTE VON DER ZEITREISE EIN BISSCHEN BENOMMEN SIND. WENN ICH IHNEN ALSO VORSCHLAGEN DÜRFTE ...
ZEITREISE?
SIE MEINEN, DIES IST NICHT DAS LEBEN NACH DEM TODE?
DAS LEBEN NACH DEM TODE, MONSIEUR? NEIN, MONSIEUR.
UND WIR SIND NICHT TOT?
MONSIEUR SIND HÖCHST OFFENSICHTLICH AM LEBEN. ANDERNFALLS WÜRDE ICH MONSIEUR NICHT ZU BEDIENEN VERSUCHEN.
HE, JUNGS, DAS IST JA VERRÜCKT. WIR HABEN'S GESCHAFFT. WIR SIND ENDLICH, WO WIR HINWOLLTEN. DAS HIER IST MILLIWAYS!
JA, MONSIEUR, DIES IST MILLIWAYS -- DAS RESTAURANT AM ENDE DES UNIVERSUMS.
AM ENDE VON WAS?
DES UNIVERSUMS.
WANN HAT ES DENN GEENDET?
IN NUR WENIGEN MINUTEN, MONSIEUR. WENN SIE JETZT ENDLICH IHRE DRINKS BESTELLEN WOLLTEN, FÜHRE ICH SIE AN IHREN TISCH.

DER REISEFÜHRER **PER ANHALTER DURCH DIE GALAXIS** SAGT FOLGENDES ÜBER DAS RESTAURANT AM ENDE DES UNIVERSUMS...
...ES IST EINE DER AUSSERGEWÖHNLICHSTEN UNTERNEHMUNGEN IN DER GESAMTEN GESCHICHTE DES VERPFLEGUNGSGEWERBES.
ES STEHT AUF DEN ZERTRÜMMERTEN ÜBERRESTEN EINES MÖGLICHERWEISE ZERSTÖRTEN PLANETEN, DER IN EINE RIESIGE ZEITBLASE EINGESCHLOSSEN UND IN DIE ZUKUNFT PROJIZIERT WORDEN IST... GENAU AN DEN PUNKT, AN DEM DAS UNIVERSUM ENDET.
DAS, SAGTEN VIELE LEUTE, IST UNMÖGLICH.
DARIN NEHMEN GÄSTE IHRE PLÄTZE AN DEN TISCHEN EIN UND ESSEN KOSTSPIELIGE MENÜS, WÄHREND SIE UM SICH HERUM DAS UNIVERSUM EXPLODIEREN SEHEN.
MAN KANN OHNE VORHERIGE RESERVIERUNG JEDE VERANSTALTUNG BESUCHEN, WEIL MAN AUCH NACHTRÄGLICH BUCHEN KANN, WENN MAN IN DIE EIGENE ZEIT ZURÜCKKEHRT.
DAS, DARAUF BEHARRTEN VIELE, IST **ABSOLUT** UNMÖGLICH.

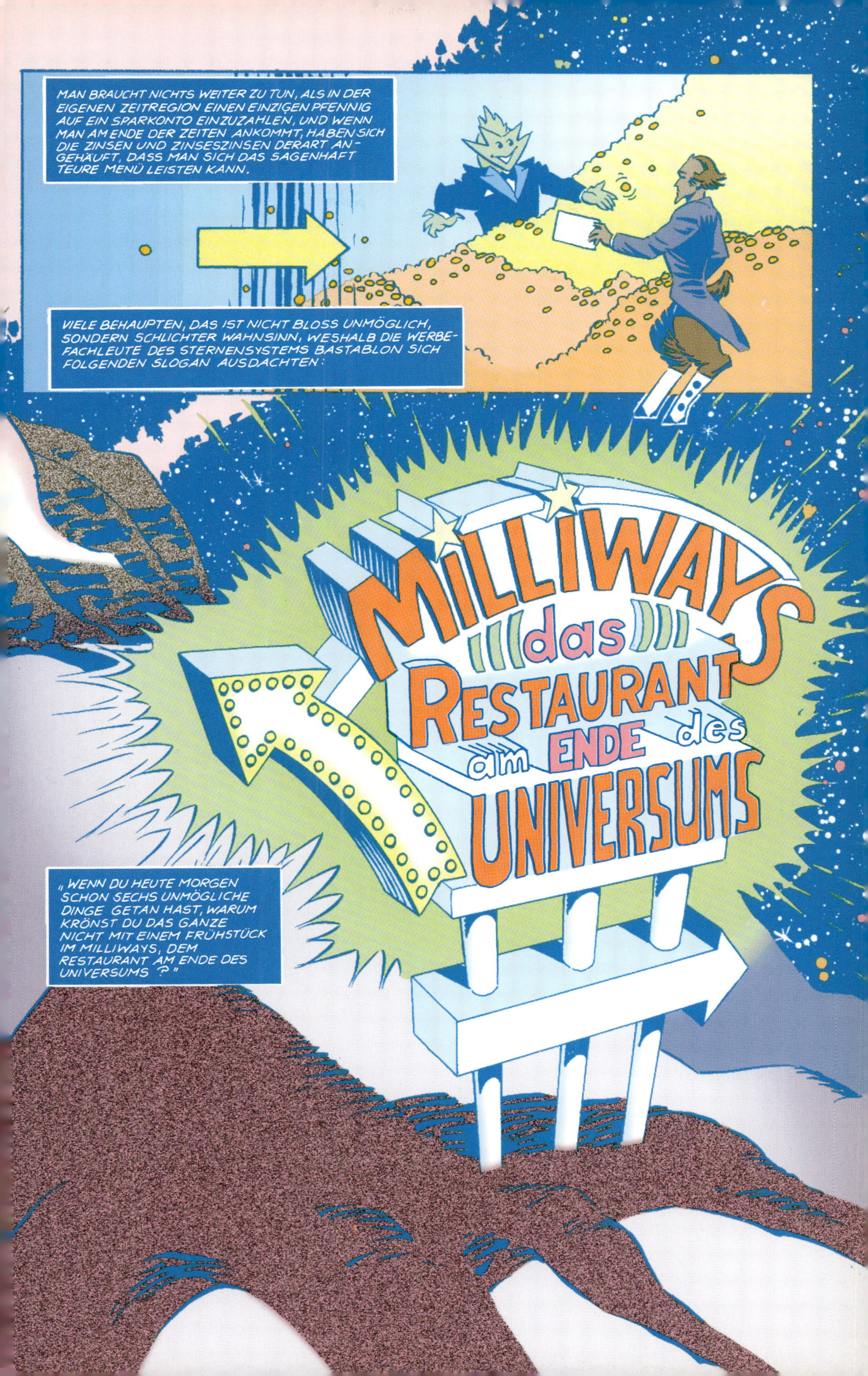
MAN BRAUCHT NICHTS WEITER ZU TUN, ALS IN DER EIGENEN ZEITREGION EINEN EINZIGEN PFENNIG AUF EIN SPARKONTO EINZUZAHLEN, UND WENN MAN AM ENDE DER ZEITEN ANKOMMT, HABEN SICH DIE ZINSEN UND ZINSESZINSEN DERART AN-GEHÄUFT, DASS MAN SICH DAS SAGENHAFT TEURE MENÜ LEISTEN KANN.
VIELE BEHAUPTEN, DAS IST NICHT BLOSS UNMÖGLICH, SONDERN SCHLICHTER WAHNSINN, WESHALB DIE WERBE-FACHLEUTE DES STERNENSYSTEMS BASTABLON SICH FOLGENDEN SLOGAN AUSDACHTEN:
MILLIWAYS das RESTAURANT am ENDE des UNIVERSUMS
„WENN DU HEUTE MORGEN SCHON SECHS UNMÖGLICHE DINGE GETAN HAST, WARUM KRÖNST DU DAS GANZE NICHT MIT EINEM FRÜHSTÜCK IM MILLIWAYS, DEM RESTAURANT AM ENDE DES UNIVERSUMS ?"

UNGLAUBLICH. DIESE LEUTE! DIESE DINGE!
DIESE DINGE SIND **EBENFALLS** LEUTE!
JUNGE, JUNGE.
DIE LICHTER ... DIE KLEIDER!
DAS ENDE DES UNIVERSUMS IST SEHR BELIEBT. DIE LEUTE MACHEN SICH GERN FEIN DAFÜR. VERLEIHT IHM WAS VON EINEM EREIGNIS.
ZAPHOD, WÜRDEST DU MIR, SOLANGE DU NOCH REDEN KANNST, ERKLÄREN, WAS ZUM PHOTON PASSIERT IST?
WO BIST DU **GEWESEN?** WO SIND **WIR** GEWESEN?
YEAH, ICH BIN UNTERWEGS GEWESEN. SIE WOLLEN, DASS ICH DEN MANN FINDE, DER DAS UNIVERSUM REGIERT, ABER ICH HAB KEINE LUST, IHN ZU TREFFEN. ICH GLAUBE, DER KERL KANN NICHT KOCHEN.
STIMMT. TRINK NOCH EINEN.
HÖR ZU, FORD. ALLES IST COOL UND FROODY.
DU MEINST, ALLES IST UNTER KONTROLLE.

NEIN, ICH MEINE NICHT, ALLES IST UNTER KONTROLLE. DAS WÄRE NICHT COOL UND FROODY.
WENN DU WISSEN WILLST, WAS PASSIERT IST, SAGEN WIR EINFACH, ICH HATTE DIE GANZE SITUATION *IN DER TASCHE*. OKAY?
TRINK NOCH EINEN, ERDLING. AMÜSIER DICH.
WAS DENN? EINS SCHLIESST DAS ANDERE DOCH AUS.
ARMER ARTHUR. DU BIST FÜR DIESES LEBEN WIRKLICH NICHT GEMACHT, STIMMT'S?
NENNST DU DAS LEBEN?
DU REDEST SCHON WIE *MARVIN*.

HE, ZAPHOD, DA DRÜBEN SITZT EIN ALTER KUMPEL VON MIR-- HOTBLACK DESIATO.
OH JA. WAR DAS 'NE MEGAMÄCHTIGE SCHOTE! MANN, MÄCHTIGER ALS ALLMÄCHTIG.
IM GEGENSATZ ZU MIR.
WER SOLL DAS DENN SEIN?
HOTBLACK DESIATO! ERZÄHL MIR NICHT, DU HAST NOCH NIE WAS VON DISASTER AREA GEHÖRT, DER RIESIGSTEN, LAUTESTEN, KLANGVOLLSTEN ROCKBAND IN DER GESCHICHTE DER... GESCHICHTE SELBST!
NEIN.
PENG! DA SIND WIR AM ENDE DES UNIVERSUMS UND DU HAST ÜBERHAUPT NOCH NICHT GELEBT. JUNGEJUNGE, HAST DU WAS VERPASST!
HE, HOTBLACK! WIE GEHT'S DIR, DICKER JUNGE. WAS MACHT DER KRACH?
DU SIEHST PHANTASTISCH AUS, WIRKLICH SEHR.
SEHR FETT UND UNGESUND. TOLL!
WEISST DU NOCH, DAMALS? WIE WIR IMMER RUMGEHANGEN HABEN, WAS? IM BISTRO ILLEGAL, WEISST DU NOCH?
IN SLIM'S SCHLUCK-EMPORIUM? IM ÜBELDROM FUSELORAMA? HERRLICHE ZEITEN, WAS?
DA

WENN WIR HUNGER HATTEN, GABEN WIR UNS ALS STÄDTISCHE GESUNDHEITSINSPEKTOREN AUS UND ZOGEN RUM UND BESCHLAG-NAHMTEN ESSEN UND TRINKEN, STIMMT'S?
BIS WIR 'NE LEBENSMITTELVERGIFTUNG KRIEGTEN.
UND DANN DIESE LANGEN NÄCHTE MIT REDEN UND TRINKEN IN DIESEN STINKIGEN ZIMMERN ÜBER DEM CAFÉ LOU IN GRETCHENSTADT, NEUBETHEL.
DU WARST IMMER IM NEBENZIMMER UND VERSUCHTEST, AUF DEINER AJUITARRE SONGS ZU KOMPONIEREN, UND WIR FANDEN SIE ALLE GRAUENHAFT.
UND DU SAGTEST, ES WÄRE DIR EGAL. UND WIR SAGTEN, UNS NICHT, WEIL WIR SIE SO GRAUENHAFT FANDEN.
DU SAGTEST, DU WOLLTEST KEIN STERN AM ROCKHIMMEL WERDEN, WEIL DU DAS STERNENSYSTEM BESCHISSEN FÄNDEST.
UND WAS MACHST DU JETZT... DU KAUFST STERNENSYSTEME.
HIER IST EIN MANN, DER SICH STERNENSYSTEME KAUFT!
ICH GLAUBE, HIER IST JEMAND BESOFFEN!
WIE GEHT DENN NOCH DIESER RIESENSONG VON DIR? ER ENDET DAMIT, DASS SO'N RAUMSCHIFF MITTEN IN DIE SONNE DONNERT, UND DU MACHST ES WIRKLICH!
RAUMSCHIFF! SONNE! RATSCH-PENG! ICH MEINE, LASER UND SO'N MIST KANN MAN EINFACH VERGESSEN, IHR HABT SONNENERUPTIONEN DRAUF UND ECHTEN SONNENBRAND!
OH, UND GRAUENHAFTE SONGS. HE, WILLSTE 'N DRINK?
HOTBLACK?
MISTER DESIATO SPRICHT MIT NIEMAND!
ER SPRICHT MIT NIEMAND?
WARUM? WAS HAT ER DENN?

DER REISEFÜHRER PER ANHALTER DURCH DIE GALAXIS BERICHTET:
DISASTER AREA, EINE PLUTONIUM-ROCKBAND AUS DEN GEISTZONEN VON GAGRAKACKA, GILT ALLGEMEIN NICHT NUR ALS DIE LAUTESTE ROCKBAND DER GALAXIS, SONDERN ALS DER ALLERLAUTESTE KRACH, DER ÜBERHAUPT MÖGLICH IST.
NORMALE KONZERTBESUCHER MEINEN, AM AUSGEWOGENSTEN HÖRT MAN DEN SOUND DER BAND IN GROSSEN BETON-BUNKERN, ETWA SIEBENUND-DREISSIG MEILEN VON DER BÜHNE ENTFERNT...
...WÄHREND DIE MUSIKER IHRE INSTRUMENTE PER FERN-BEDIENUNG VON EINEM HER-METISCH ISOLIERTEN RAUM-SCHIFF AUS SPIELEN, DAS SICH IN EINER UMLAUFBAHN UM DEN PLANETEN BEFINDET--ODER ÖFTER NOCH UM EINEN VOLLKOMMEN ANDEREN PLANETEN.
DA
IHRE SONGS SIND IM GROSSEN UND GANZEN SEHR SIMPEL UND FOLGEN MEISTENS DEM BEKANNTEN SCHEMA: BOY-WESEN TRIFFT GIRL-WESEN UNTER EINEM SILBERMOND, DER DANN AUS NICHT HINREICHEND GEKLÄRTEN GRÜNDEN EXPLODIERT.
DISASTER AREA
LAST KISS BEFORE THE CATACLYSM

VIELE WELTEN HABEN INZWISCHEN AUFTRITTE DER BAND GÄNZLICH UNTERSAGT, MANCHE AUS KÜNSTLERISCHEN GRÜNDEN, DIE MEISTEN ABER, WEIL IHRE VERSTÄRKERANLAGE GEGEN REGIONALE ABKOMMEN ZUR BEGRENZUNG STRATEGISCHER WAFFEN VERSTÖSST.

DIES HAT JEDOCH NICHT IHRE EINKÜNFTE AUS DER ERWEITERUNG DER GRENZEN DER REINEN HYPERMATHEMATIK VERSIEGEN LASSEN.
IHR FORSCHUNGSHAUPTBUCHHALTER IST KÜRZLICH ZUM PROFESSOR DER MATHEMATIK AN DER UNIVERSITÄT MAXIMEGALON ERNANNT WORDEN, UND ZWAR IN ANERKENNUNG SEINER ALLGEMEINEN UND BESONDEREN THEORIEN ZU DEN STEUERRÜCKZAHLUNGEN AN DISASTER AREA...
...IN DENEN ER BEWEIST, DASS DAS GANZE GEFÜGE DES RAUM-ZEIT-KONTINUUMS NICHT NUR GEBOGEN IST. ES IST VIELMEHR VOLLKOMMEN KRUMM.

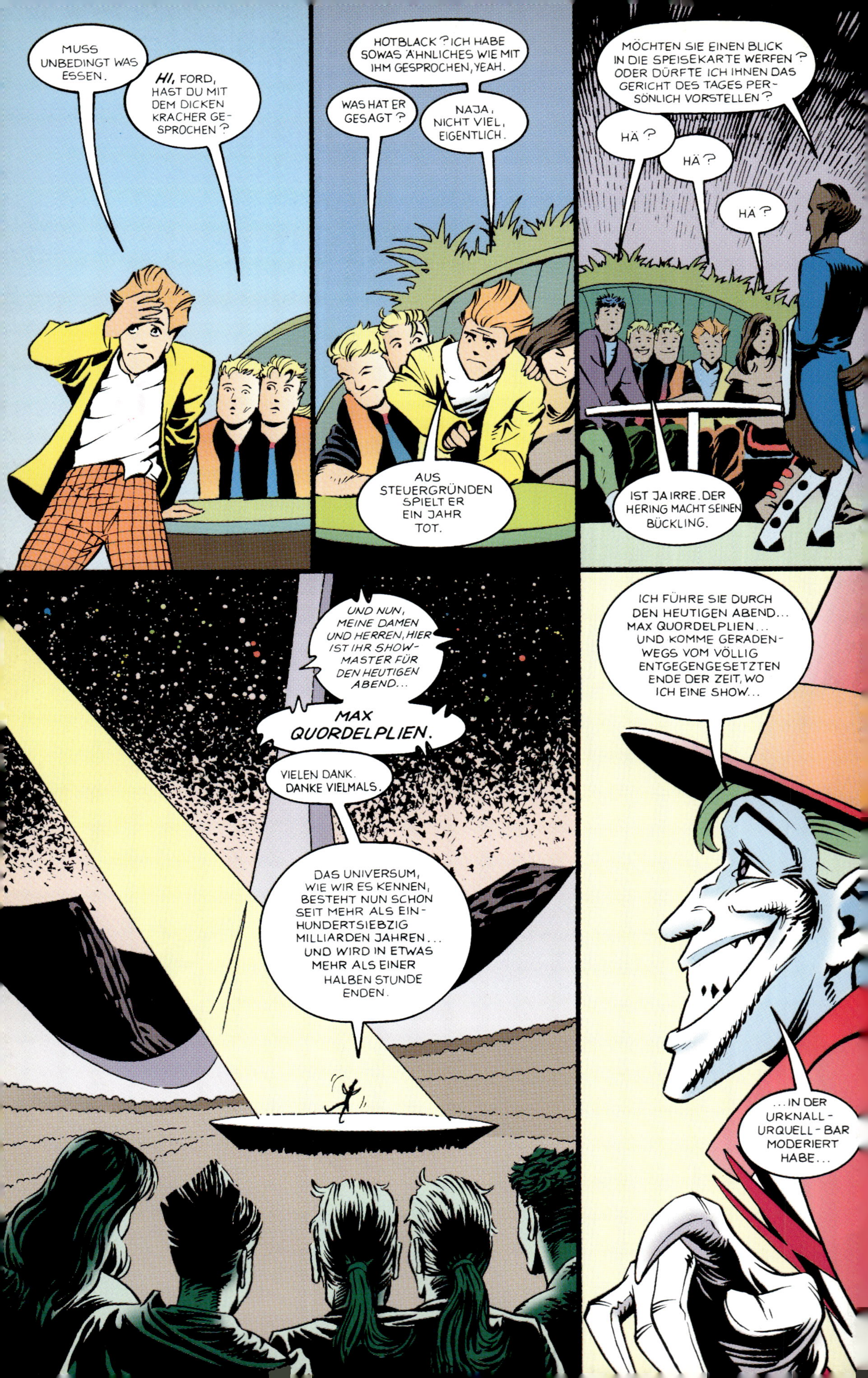
MUSS UNBEDINGT WAS ESSEN.
HI, FORD, HAST DU MIT DEM DICKEN KRACHER GESPROCHEN?
HOTBLACK? ICH HABE SOWAS ÄHNLICHES WIE MIT IHM GESPROCHEN, YEAH.
WAS HAT ER GESAGT?
NAJA, NICHT VIEL, EIGENTLICH.
AUS STEUERGRÜNDEN SPIELT ER EIN JAHR TOT.
MÖCHTEN SIE EINEN BLICK IN DIE SPEISEKARTE WERFEN? ODER DÜRFTE ICH IHNEN DAS GERICHT DES TAGES PERSÖNLICH VORSTELLEN?
HÄ?
HÄ?
HÄ?
IST JA IRRE. DER HERING MACHT SEINEN BÜCKLING.
UND NUN, MEINE DAMEN UND HERREN, HIER IST IHR SHOWMASTER FÜR DEN HEUTIGEN ABEND...
MAX QUORDELPLIEN.
VIELEN DANK. DANKE VIELMALS.
DAS UNIVERSUM, WIE WIR ES KENNEN, BESTEHT NUN SCHON SEIT MEHR ALS EINHUNDERTSIEBZIG MILLIARDEN JAHREN... UND WIRD IN ETWAS MEHR ALS EINER HALBEN STUNDE ENDEN.
ICH FÜHRE SIE DURCH DEN HEUTIGEN ABEND... MAX QUORDELPLIEN... UND KOMME GERADENWEGS VOM VÖLLIG ENTGEGENGESETZTEN ENDE DER ZEIT, WO ICH EINE SHOW...
...IN DER URKNALL-URQUELL-BAR MODERIERT HABE...

...UND WERDE NUN MIT IHNEN GEMEINSAM DIESES HISTORISCHE EREIGNIS ERLEBEN...
...DAS ENDE DER HISTORIE SELBST!
SO, MEINE DAMEN UND HERREN, DIE KERZEN BRENNEN, DIE BAND SPIELT LEISE, UND WÄHREND DIE KRAFT-FELDKUPPEL ÜBER UNS SICH IN TRANSPARENZ AUFLÖST UND UNS EINEN DUNKLEN, TRÜBEN HIMMEL ENTHÜLLT...
...SEHE ICH, DASS WIR ALLE DER APO-KALYPSE EINES WUNDER-VOLLEN ABENDS ENT-GEGENFIEBERN!

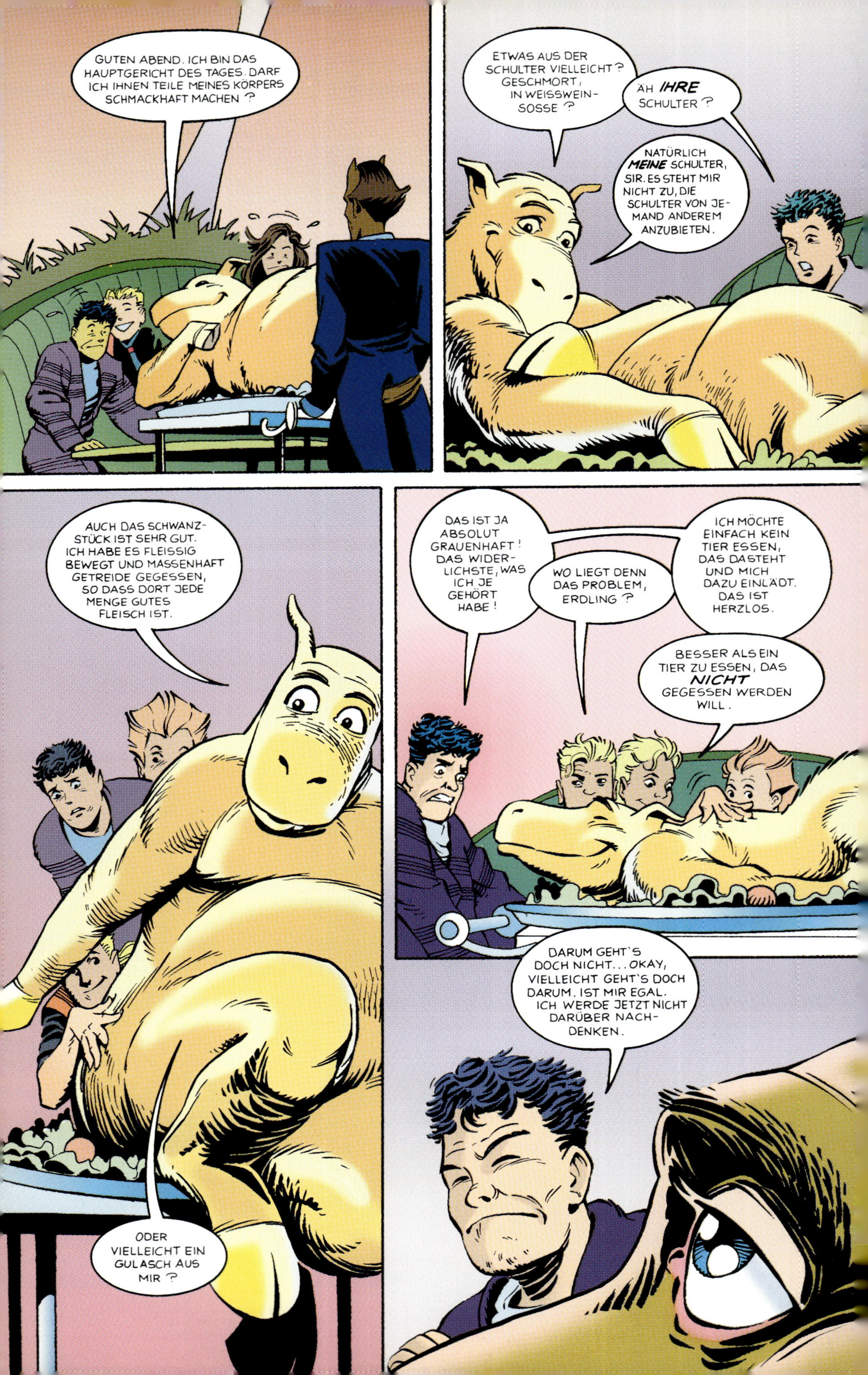
GUTEN ABEND. ICH BIN DAS HAUPTGERICHT DES TAGES. DARF ICH IHNEN TEILE MEINES KÖRPERS SCHMACKHAFT MACHEN ?
ETWAS AUS DER SCHULTER VIELLEICHT ? GESCHMORT, IN WEISSWEIN-SOSSE ?
ÄH *IHRE* SCHULTER ?
NATÜRLICH *MEINE* SCHULTER, SIR. ES STEHT MIR NICHT ZU, DIE SCHULTER VON JEMAND ANDEREM ANZUBIETEN.
AUCH DAS SCHWANZSTÜCK IST SEHR GUT. ICH HABE ES FLEISSIG BEWEGT UND MASSENHAFT GETREIDE GEGESSEN, SO DASS DORT JEDE MENGE GUTES FLEISCH IST.
ODER VIELLEICHT EIN GULASCH AUS MIR ?
DAS IST JA ABSOLUT GRAUENHAFT ! DAS WIDERLICHSTE, WAS ICH JE GEHÖRT HABE !
WO LIEGT DENN DAS PROBLEM, ERDLING ?
ICH MÖCHTE EINFACH KEIN TIER ESSEN, DAS DASTEHT UND MICH DAZU EINLÄDT. DAS IST HERZLOS.
BESSER ALS EIN TIER ZU ESSEN, DAS *NICHT* GEGESSEN WERDEN WILL.
DARUM GEHT'S DOCH NICHT... OKAY, VIELLEICHT GEHT'S DOCH DARUM. IST MIR EGAL. ICH WERDE JETZT NICHT DARÜBER NACHDENKEN.

ICH NEHME NUR EINEN GRÜNEN SALAT.
DARF ICH IHNEN VIELLEICHT MEINE LEBER ANS HERZ LEGEN? SIE MUSS MITTLERWEILE GANZ KÖSTLICH UND ZART SEIN. DENN ICH HABE MICH MONATELANG EIGENHÄNDIG GEMÄSTET.
NEIN DANKE. EINEN GRÜNEN SALAT.
EINEN GRÜNEN SALAT?
WOLLEN SIE MIR ETWA SAGEN, ICH SOLLTE KEINEN GRÜNEN SALAT BESTELLEN?
NUN JA, ICH KENNE EINIGE GEMÜSE, DIE DAZU EINE SEHR KLARE MEINUNG HABEN!
WESHALB LETZTEN ENDES BESCHLOSSEN WURDE, DAS GANZE VERZWICKTE PROBLEM EIN FÜR ALLEMAL ZU LÖSEN UND EIN TIER ZU ZÜCHTEN, DAS WIRKLICH VERSPEIST WERDEN WILL UND DIES AUCH KLAR UND DEUTLICH ZUM AUSDRUCK BRINGEN KANN.
UND HIER BIN ICH ALSO.
EIN GLAS WASSER, BITTE.
HÖR ZU... WIR MÖCHTEN WAS ESSEN UND UNS IN DAS PROBLEM NICHT ALLZU SEHR VERTIEFEN.
VIER BLUTIGE STEAKS, BITTE, UND ZWAR DALLI. WIR HABEN SEIT FÜNFHUNDERTSECHSUNDSIEBZIG MILLIARDEN JAHREN NICHTS MEHR GEGESSEN!
EINE SEHR KLUGE WAHL, SIR, WENN ICH DAS SAGEN DARF.
SEHR GUT. ALSO, ICH EILE DAVON UND ERSCHIESSE MICH.
KEINE BANGE, SIR. *ICH MACH'S SEHR HUMAN.*

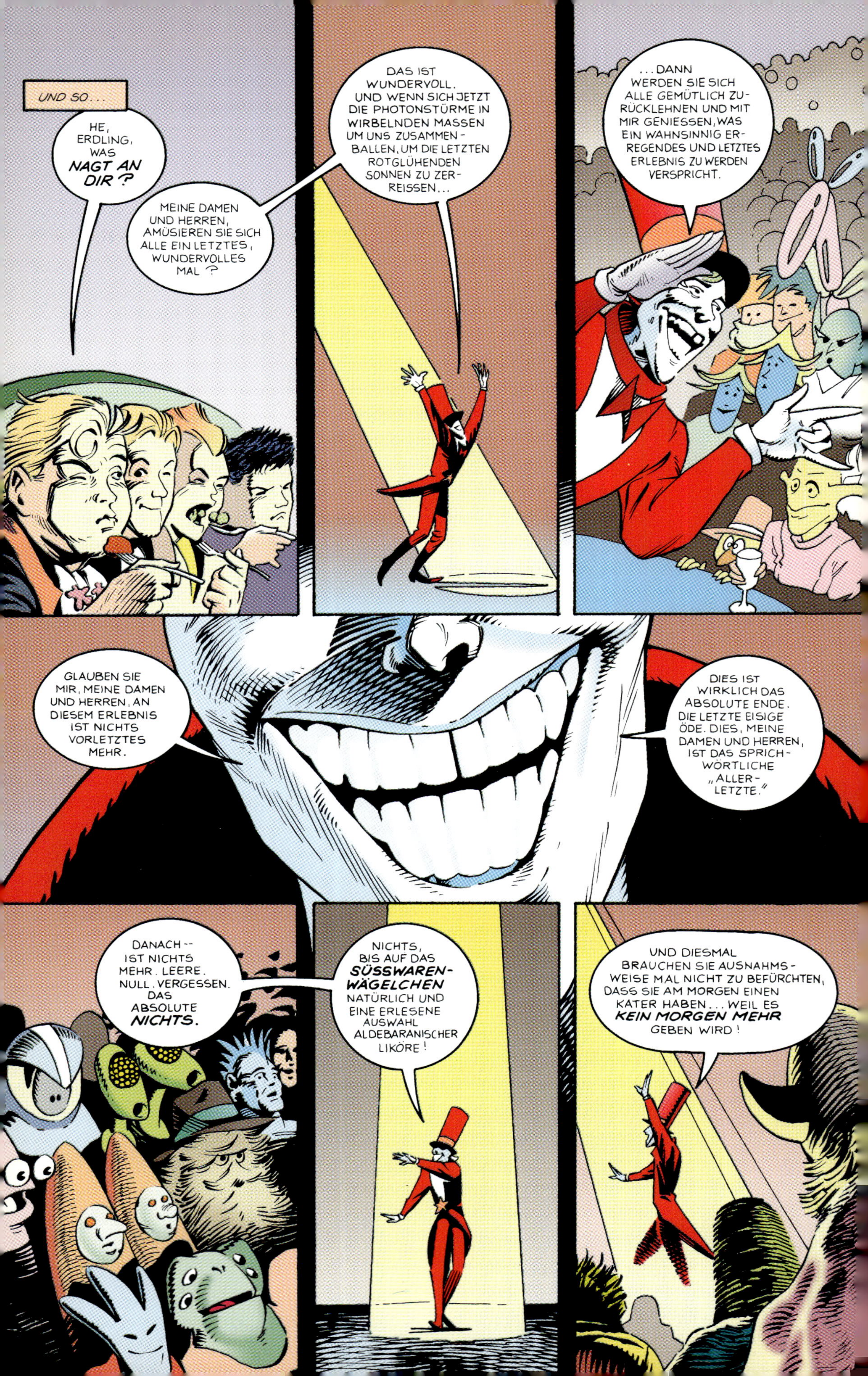
UND SO...
HE, ERDLING, WAS NAGT AN DIR?
MEINE DAMEN UND HERREN, AMÜSIEREN SIE SICH ALLE EIN LETZTES, WUNDERVOLLES MAL?
DAS IST WUNDERVOLL. UND WENN SICH JETZT DIE PHOTONSTÜRME IN WIRBELNDEN MASSEN UM UNS ZUSAMMEN-BALLEN, UM DIE LETZTEN ROTGLÜHENDEN SONNEN ZU ZER-REISSEN...
...DANN WERDEN SIE SICH ALLE GEMÜTLICH ZU-RÜCKLEHNEN UND MIT MIR GENIESSEN, WAS EIN WAHNSINNIG ER-REGENDES UND LETZTES ERLEBNIS ZU WERDEN VERSPRICHT.
GLAUBEN SIE MIR, MEINE DAMEN UND HERREN, AN DIESEM ERLEBNIS IST NICHTS VORLETZTES MEHR.
DIES IST WIRKLICH DAS ABSOLUTE ENDE. DIE LETZTE EISIGE ÖDE. DIES, MEINE DAMEN UND HERREN, IST DAS SPRICH-WÖRTLICHE „ALLER-LETZTE."
DANACH -- IST NICHTS MEHR. LEERE. NULL. VERGESSEN. DAS ABSOLUTE NICHTS.
NICHTS, BIS AUF DAS SÜSSWAREN-WÄGELCHEN NATÜRLICH UND EINE ERLESENE AUSWAHL ALDEBARANISCHER LIKÖRE!
UND DIESMAL BRAUCHEN SIE AUSNAHMS-WEISE MAL NICHT ZU BEFÜRCHTEN, DASS SIE AM MORGEN EINEN KATER HABEN... WEIL ES KEIN MORGEN MEHR GEBEN WIRD!

UND NUN MÖCHTE ICH AUF DIE GEFAHR HIN, DIESEM WUNDERVOLLEN GEFÜHL VON UNTERGANG UND SINNLOSIGKEIT HEUTE ABEND EINEN DÄMPFER ZU VERPASSEN, EIN PAAR BESUCHERGRUPPEN WILLKOMMEN HEISSEN.
HABEN WIR DENN EINE GRUPPE DES BRIDGECLUBS VOM ZANSELLQUASUR FLAMARION JENSEITS DER VORTLEERE VON QVARNE DA?
OH JA. DA SIND SIE JA. ALSO DANN, DAS REIZEN EINSTELLEN -- UND NICHT SCHUMMELN. DENKEN SIE DARAN, DIES IST EIN SEHR FEIERLICHER AUGENBLICK.
UND HABEN WIR DENN AUCH EINE GRUPPE KLEINERER GOTTHEITEN AUS DEN HALLEN VON ASGAARD HIER?
JA. VORSICHT MIT DEM HAMMER DORT, SIR.
SKRAAKK
DRITTENS EINE GRUPPE JUNGER KONSERVATIVER VON SIRIUS B. SIND SIE HIER?
YAP YAP
NA, DAS IST ALLEIN IHRE SCHULD. IST IHNEN DAS KLAR?

SCHLIESSLICH HABEN WIR HEUTE ABEND EINE GRUPPE VON GLÄUBIGEN UNTER UNS, SEHR FROMMEN GLÄUBIGEN VON DER KIRCHE DER WIEDERKEHR DES GROSSEN PROPHETEN ZARQUON.
DORT SITZEN SIE IN ALLER GEDULD. ER HAT GESAGT, DASS ER WIEDERKOMMT, UND HAT SIE LANGE WARTEN LASSEN, WOLLEN WIR ALSO HOFFEN, DASS ER SICH EIN BISSCHEN BEEILT, MEINE FREUNDE, ER HAT BLOSS NOCH ACHT MINUTEN ZEIT!
NEIN, ABER IM ERNST, LEUTE, NICHTS FÜR UNGUT. NEIN, ICH WEISS, ICH SOLLTE MICH ÜBER TIEF EMPFUNDENE ÜBERZEUGUNGEN NICHT LUSTIG MACHEN, DARUM FINDE ICH, EINEN HERZLICHEN APPLAUS, BITTE, FÜR DEN GROSSEN PROPHETEN ZARQUON...
CLAP
CLAP
...EGAL, WO ER IST!
CLAP
CLAP
ABER ES IST WUNDERVOLL, SO VIELE VON IHNEN HEUTE ABEND HIER ZU SEHEN. ICH WEISS, VIELE VON IHNEN KOMMEN IMMER WIEDER HER, UM DIESEM ALLERLETZTEN ENDE VON ALLEM BEIZUWOHNEN...
...UND DANN KEHREN SIE IN DIE EIGENEN ZEITZONEN ZURÜCK UND GRÜNDEN FAMILIEN, KÄMPFEN FÜR NEUE UND BESSERE GESELLSCHAFTSORDNUNGEN... UND FÜHREN SCHRECKLICHE KRIEGE FÜR DAS, WAS SIE FÜR RICHTIG HALTEN.
DAS LÄSST EINEN WIRKLICH FÜR DIE ZUKUNFT ALLES LEBENDIGEN HOFFEN. ABER NATÜRLICH...
...WISSEN WIR, ES HAT GAR KEINE!

HÖRT MAL -- WENN DAS UNIVERSUM JETZT GLEICH ENDET, DA GEHN WIR DOCH SICHERLICH MIT DRAUF ?
NEIN, SOBALD MAN DIESE SPELUNKE BETRITT ... WIRD MAN VON DIESER PHANTASTISCHEN KRAFTFELDGEPANZERTEN ZEITVERWERFUNG EINGESCHLOSSEN.
GLAUBE ICH.
MISTER ZAPHOD BEEBLEBROX ?
ÄH, JA ?
HIER IST EIN ANRUF FÜR SIE.
FÜR MICH ? HIER ? HE, WER WEISS DENN, WO ICH BIN ?
VIELLEICHT HAT HIER JEMAND DER POLIZEI EINEN TIP GEGEBEN. ALLE HABEN DICH REINKOMMEN SEHEN.
DU MEINST, SIE WOLLEN MICH TELEFONISCH VERHAFTEN ? KÖNNTE SEIN. ICH BIN **VERDAMMT GEFÄHRLICH**, WENN MAN MICH IN DIE ENGE TREIBT.
JA, DU EXPLODIERST **SO SCHNELL**, DASS DIE LEUTE VON DEN **SPLITTERN** ZERFETZT WERDEN !
HE, WAS HABEN WIR HEUTE ? TAG DES JÜNGSTEN GERICHTS ?
KRIEGEN WIR DAS ETWA AUCH ZU SEHEN ?
ICH HAB'S DAMIT NICHT EILIG.
OKAY, ALSO WER IST DER TYP AM TELEFON ?
ICH BIN MIT DEM FRAGLICHEN BLECHGENTLEMAN NICHT PERSÖNLICH BEKANNT, MONSIEUR. ABER MIR IST GESAGT WORDEN, DASS ER SCHON EINE BETRÄCHTLICHE ANZAHL VON JAHRTAUSENDEN AUF IHRE RÜCKKEHR WARTET.
ES SCHEINT, MONSIEUR BRACHEN HIER ETWAS ÜBERSTÜRZT AUF.
BRACHEN AUF ? PIEPT'S BEI IHNEN ? WIR SIND DOCH EBEN ERST ANGEKOMMEN.
DAS STIMMT, MONSIEUR. ABER EHE SIE HIER EINTRAFEN, MONSIEUR, SIND SIE HIER WOHL AUFGEBROCHEN.

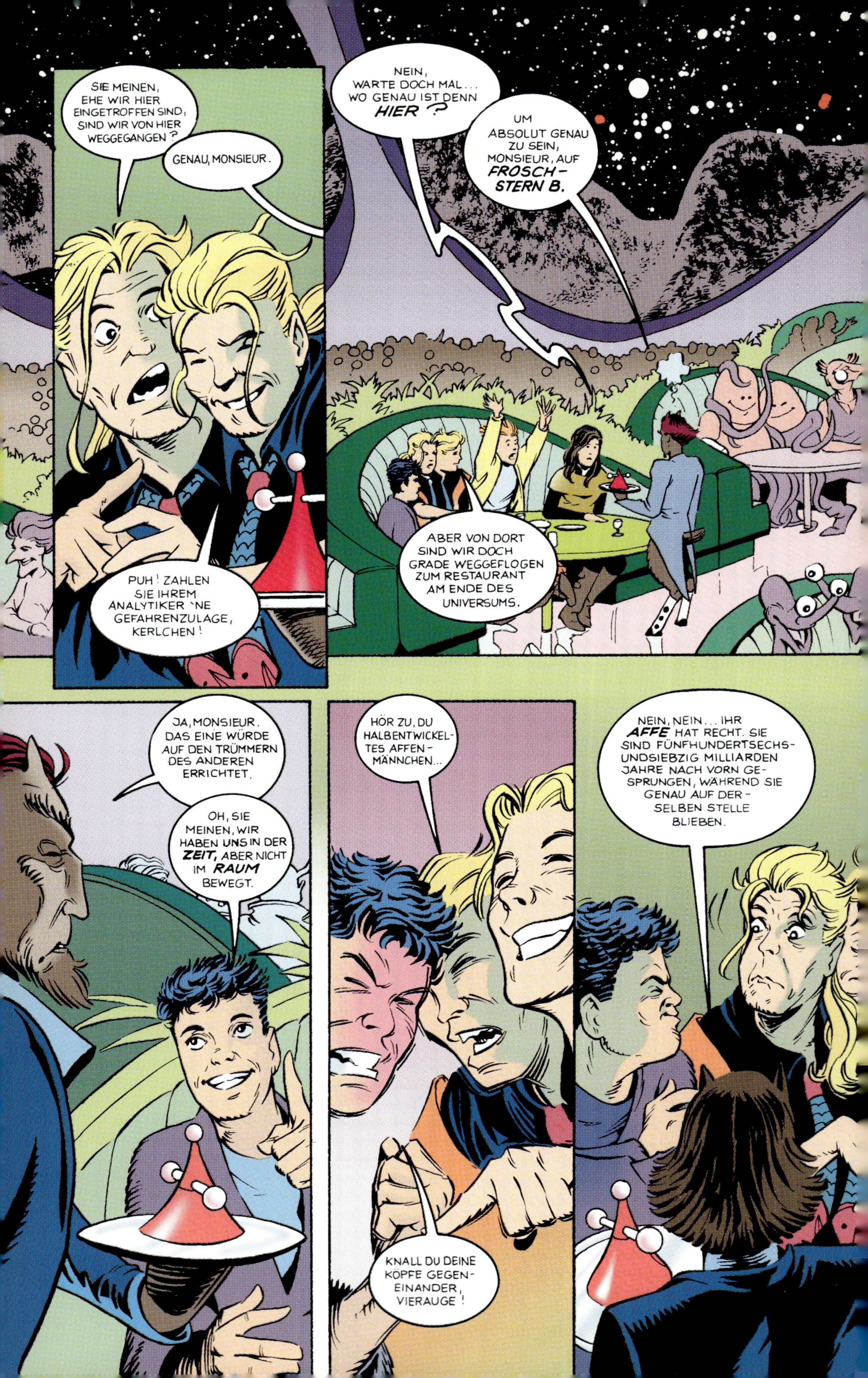
SIE MEINEN, EHE WIR HIER EINGETROFFEN SIND, SIND WIR VON HIER WEGGEGANGEN?
GENAU, MONSIEUR.
PUH! ZAHLEN SIE IHREM ANALYTIKER 'NE GEFAHRENZULAGE, KERLCHEN!
NEIN, WARTE DOCH MAL... WO GENAU IST DENN HIER?
UM ABSOLUT GENAU ZU SEIN, MONSIEUR, AUF FROSCH-STERN B.
ABER VON DORT SIND WIR DOCH GRADE WEGGEFLOGEN ZUM RESTAURANT AM ENDE DES UNIVERSUMS.
JA, MONSIEUR. DAS EINE WÜRDE AUF DEN TRÜMMERN DES ANDEREN ERRICHTET.
OH, SIE MEINEN, WIR HABEN UNS IN DER ZEIT, ABER NICHT IM RAUM BEWEGT.
HÖR ZU, DU HALBENTWICKELTES AFFENMÄNNCHEN...
KNALL DU DEINE KÖPFE GEGENEINANDER, VIERAUGE!
NEIN, NEIN... IHR AFFE HAT RECHT. SIE SIND FÜNFHUNDERTSECHSUNDSIEBZIG MILLIARDEN JAHRE NACH VORN GESPRUNGEN, WÄHREND SIE GENAU AUF DERSELBEN STELLE BLIEBEN.

DAS IST ES! ICH HAB'S! ICH HABE ZUM COMPUTER GESAGT, ER SOLLTE UNS ZUM NÄCHSTBESTEN LOKAL BRINGEN, WO'S WAS ZU ESSEN GIBT.
YEAH, UND GENAU DAS HAT ER GETAN -- PLUS ODER MINUS FÜNFHUNDERTSECHSUNDSIEBZIG MILLIARDEN JAHRE. CLEVER.
ABER WER IST DER TYP AM TELEFON?
WAS IST EIGENTLICH AUS MARVIN GEWORDEN?
DER PARANOIDE ANDROIDE! ICH HABE IHN MIT SEINER JAMMERMIENE AUF FROSCHSTERN B ZURÜCKGELASSEN!
ÄH, REICHEN SIE MIR DIE QUASSELTÜTE, TELLERMEISTER!
PARDON, MONSIEUR?
DAS TELEFON!
MANN, IHR TYPEN SEID DERMASSEN LAHMARSCHIG! ES IST EIN WUNDER, DASS EUCH NICHT DER HINTERN ABFÄLLT!
HALLO, MARVIN, BIST DU'S? WIE GEHT'S DIR, KLEINER?
ICH MEINE, SIE SOLLTEN WISSEN, DASS ICH SEHR DEPRIMIERT BIN!
ES IST MARVIN.

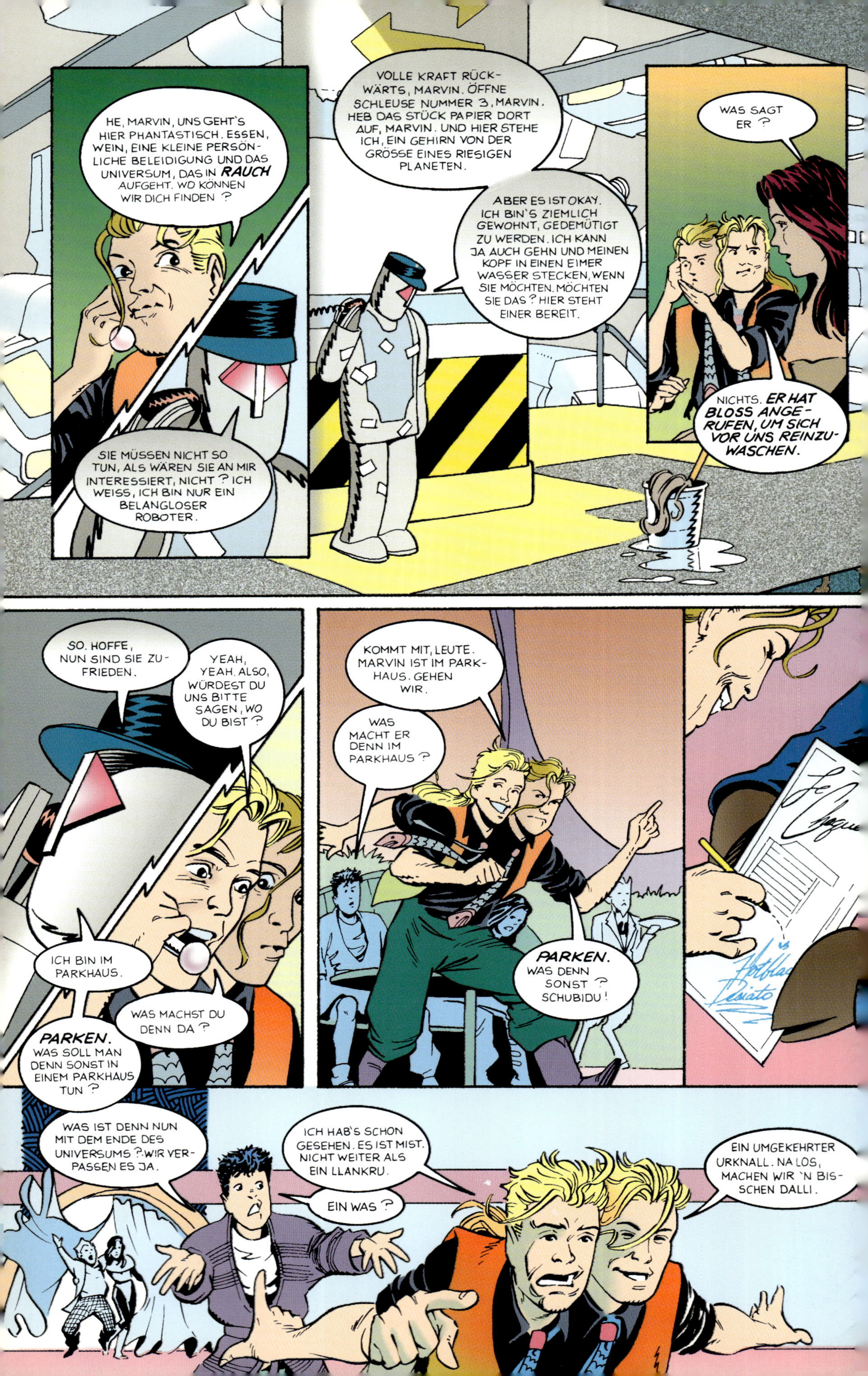

HE, MARVIN, UNS GEHT'S HIER PHANTASTISCH. ESSEN, WEIN, EINE KLEINE PERSÖNLICHE BELEIDIGUNG UND DAS UNIVERSUM, DAS IN RAUCH AUFGEHT. WO KÖNNEN WIR DICH FINDEN ?
SIE MÜSSEN NICHT SO TUN, ALS WÄREN SIE AN MIR INTERESSIERT, NICHT ? ICH WEISS, ICH BIN NUR EIN BELANGLOSER ROBOTER.
VOLLE KRAFT RÜCKWÄRTS, MARVIN. ÖFFNE SCHLEUSE NUMMER 3, MARVIN. HEB DAS STÜCK PAPIER DORT AUF, MARVIN. UND HIER STEHE ICH, EIN GEHIRN VON DER GRÖSSE EINES RIESIGEN PLANETEN.
ABER ES IST OKAY. ICH BIN'S ZIEMLICH GEWOHNT, GEDEMÜTIGT ZU WERDEN. ICH KANN JA AUCH GEHN UND MEINEN KOPF IN EINEN EIMER WASSER STECKEN, WENN SIE MÖCHTEN. MÖCHTEN SIE DAS ? HIER STEHT EINER BEREIT.
WAS SAGT ER ?
NICHTS. ER HAT BLOSS ANGERUFEN, UM SICH VOR UNS REINZUWASCHEN.
SO. HOFFE, NUN SIND SIE ZUFRIEDEN.
YEAH, YEAH. ALSO, WÜRDEST DU UNS BITTE SAGEN, WO DU BIST ?
ICH BIN IM PARKHAUS.
WAS MACHST DU DENN DA ?
PARKEN. WAS SOLL MAN DENN SONST IN EINEM PARKHAUS TUN ?
KOMMT MIT, LEUTE. MARVIN IST IM PARKHAUS. GEHEN WIR.
WAS MACHT ER DENN IM PARKHAUS ?
PARKEN. WAS DENN SONST ? SCHUBIDU!
WAS IST DENN NUN MIT DEM ENDE DES UNIVERSUMS ? WIR VERPASSEN ES JA.
ICH HAB'S SCHON GESEHEN. ES IST MIST. NICHT WEITER ALS EIN LLANKRU.
EIN WAS ?
EIN UMGEKEHRTER URKNALL. NA LOS, MACHEN WIR 'N BISSCHEN DALLI.

UND SO...
WAS MACHST DU DENN MIT IHM ?
ICH MACH IHN NÜCHTERN.
ZIKK
HI. WO GEHT'S JETZT HIN ?
RUNTER INS PARKHAUS. LOS, KOMMT.
WAS HÄLTST DU VON DEN PERSÖNLICHEN ZEITTELEPORTS ? SIE BRINGEN UNS DIREKT ZURÜCK ZUR HERZ AUS GOLD.
YEAH, ABER ICH HABE DIE LUST AN DEM SCHIFF VERLOREN. ZARNIWOOP KANN'S HABEN. ICH MÖCHTE SEINE SPIELCHEN NICHT MITMACHEN. GUCKEN WIR MAL, WAS WIR FINDEN KÖNNEN.
DORT IST MARVIN ! SEHT MAL... DA UNTEN.

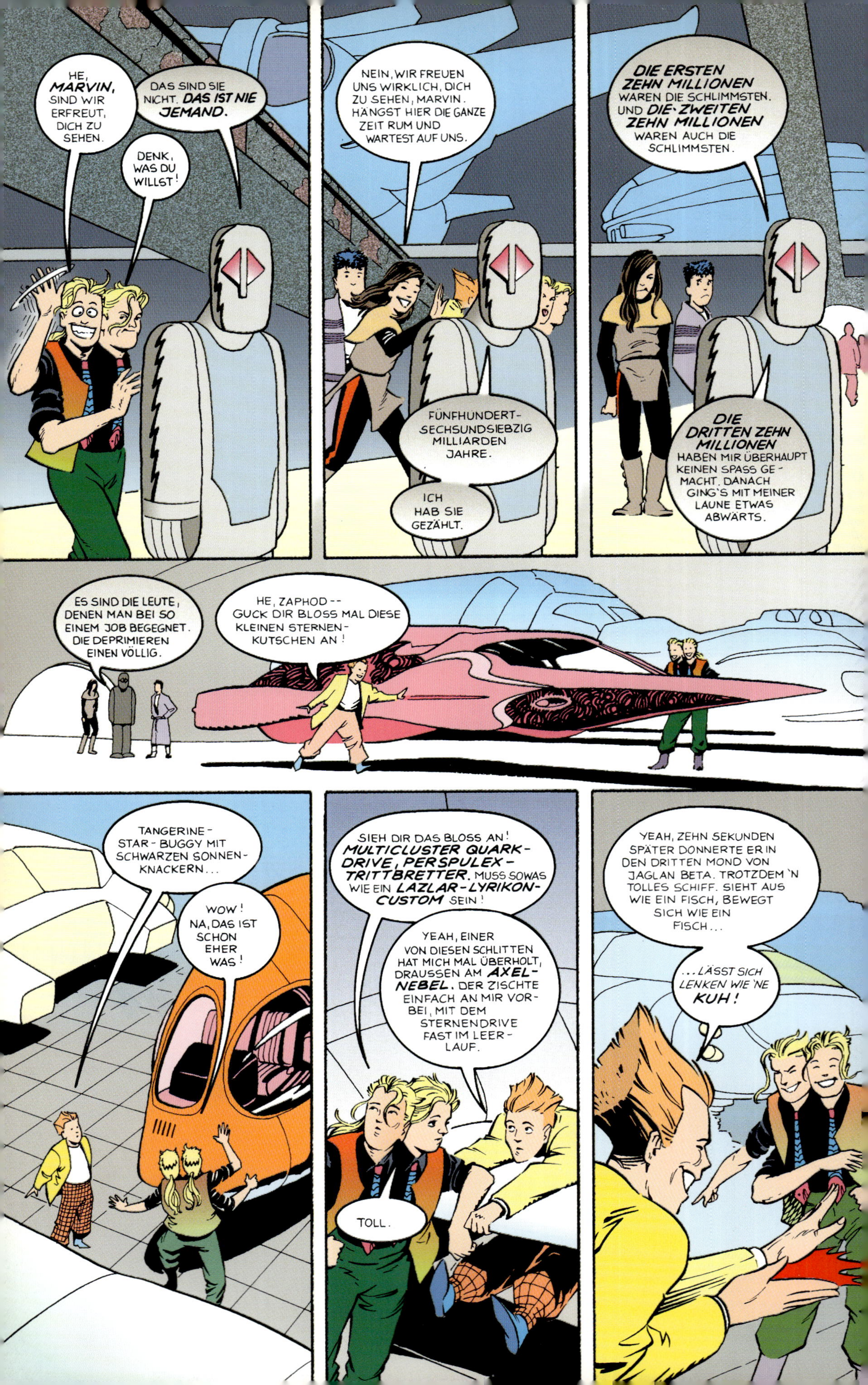
HE, MARVIN, SIND WIR ERFREUT, DICH ZU SEHEN.
DENK, WAS DU WILLST!
DAS SIND SIE NICHT. DAS IST NIE JEMAND.
NEIN, WIR FREUEN UNS WIRKLICH, DICH ZU SEHEN, MARVIN. HÄNGST HIER DIE GANZE ZEIT RUM UND WARTEST AUF UNS.
FÜNFHUNDERT-SECHSUNDSIEBZIG MILLIARDEN JAHRE.
ICH HAB SIE GEZÄHLT.
DIE ERSTEN ZEHN MILLIONEN WAREN DIE SCHLIMMSTEN. UND DIE ZWEITEN ZEHN MILLIONEN WAREN AUCH DIE SCHLIMMSTEN.
DIE DRITTEN ZEHN MILLIONEN HABEN MIR ÜBERHAUPT KEINEN SPASS GE-MACHT. DANACH GING'S MIT MEINER LAUNE ETWAS ABWÄRTS.
ES SIND DIE LEUTE, DENEN MAN BEI SO EINEM JOB BEGEGNET. DIE DEPRIMIEREN EINEN VÖLLIG.
HE, ZAPHOD -- GUCK DIR BLOSS MAL DIESE KLEINEN STERNEN-KUTSCHEN AN!
TANGERINE-STAR-BUGGY MIT SCHWARZEN SONNEN-KNACKERN...
WOW! NA, DAS IST SCHON EHER WAS!
SIEH DIR DAS BLOSS AN! MULTICLUSTER QUARK-DRIVE, PERSPULEX-TRITTBRETTER. MUSS SOWAS WIE EIN LAZLAR-LYRIKON-CUSTOM SEIN!
YEAH, EINER VON DIESEN SCHLITTEN HAT MICH MAL ÜBERHOLT, DRAUSSEN AM AXEL-NEBEL. DER ZISCHTE EINFACH AN MIR VOR-BEI, MIT DEM STERNENDRIVE FAST IM LEER-LAUF.
TOLL.
YEAH, ZEHN SEKUNDEN SPÄTER DONNERTE ER IN DEN DRITTEN MOND VON JAGLAN BETA. TROTZDEM 'N TOLLES SCHIFF. SIEHT AUS WIE EIN FISCH, BEWEGT SICH WIE EIN FISCH...
...LÄSST SICH LENKEN WIE 'NE KUH!

GUCK MAL, ZAPHOD-- DAS LABEL VON DISASTER AREA. DANN MUSS ES HOTBLACKS SCHIFF SEIN. DIE HABEN DOCH DIESEN GRAUENHAFTEN SONG DRAUF, DU WEISST SCHON, DER DAMIT ENDET, DASS EIN SHOWRAUMSCHIFF IN DIE SONNE RAST.
ZAPHOD?
WOW! DAS HIER IST ABER GAR NICHT GUT FÜR DIE AUGEN!
ES IST SO SCHWARZ, DASS MAN KAUM SEINE KONTUREN ERKENNT. DAS LICHT VERSICKERT EINFACH DARIN.
FÜHL MAL DIE OBERFLÄCHE.
GEHT GAR NICHT.
ABSOLUT KEINE REIBUNG. MUSS JA EIN WAHNSINNS-FLITZER SEIN.
WAS DENKST DU, FORD?
WAS? DU MEINST, EINFACH DAMIT ABHAUEN? MEINST DU, WIR SOLLTEN?
NEIN.
ICH AUCH NICHT.
HE, MARVIN. KOMM DOCH MAL HER. WIR HABEN WAS FÜR DICH ZU TUN.
MACHT MIR BESTIMMT KEINEN SPASS.
DOCH, GANZ BESTIMMT! EIN VÖLLIG NEUES LEBEN BREITET SICH VOR DIR AUS.
OH NEIN. NICHT NOCH EINES.
WÜRDEST DU MAL SCHWEIGEN UND ZUHÖREN? DIESMAL BRINGT ES ...
... SPANNUNG UND ABENTEUER.
ICH NEHME AN, SIE MÖCHTEN, DASS ICH DIES RAUMSCHIFF FÜR SIE ÖFFNE?
GENAU DAS!
NAJA, ES WÄRE SCHÖN, SIE SAGTEN'S MIR EINFACH, STATT ZU VERSUCHEN, BEI MIR BEGEISTERUNG ZU WECKEN... ICH HABE NÄMLICH KEINE!

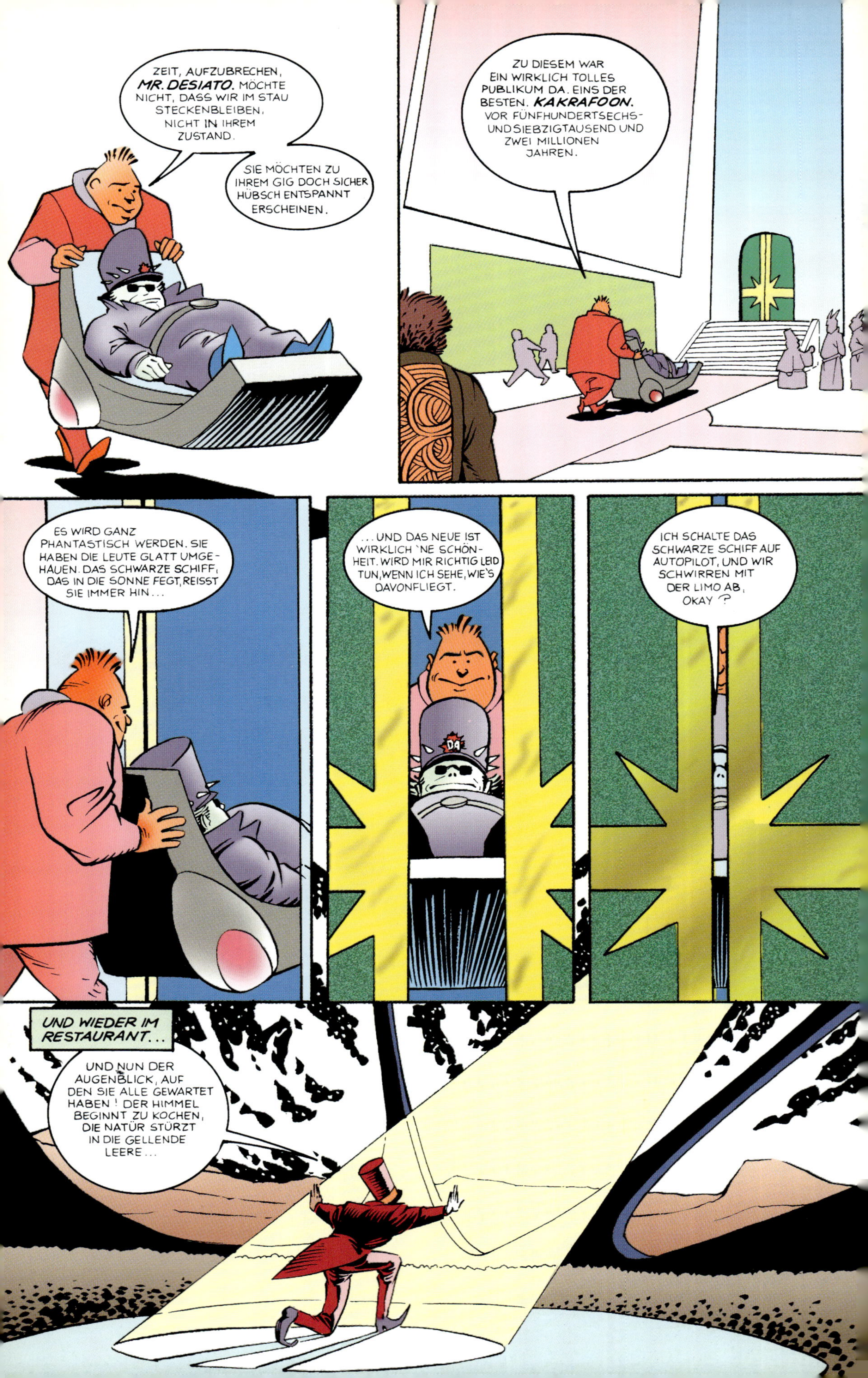
ZEIT, AUFZUBRECHEN, MR. DESIATO. MÖCHTE NICHT, DASS WIR IM STAU STECKENBLEIBEN, NICHT IN IHREM ZUSTAND.
SIE MÖCHTEN ZU IHREM GIG DOCH SICHER HÜBSCH ENTSPANNT ERSCHEINEN.
ZU DIESEM WAR EIN WIRKLICH TOLLES PUBLIKUM DA. EINS DER BESTEN. KAKRAFOON. VOR FÜNFHUNDERTSECHSUNDSIEBZIGTAUSEND UND ZWEI MILLIONEN JAHREN.
ES WIRD GANZ PHANTASTISCH WERDEN. SIE HABEN DIE LEUTE GLATT UMGEHAUEN. DAS SCHWARZE SCHIFF, DAS IN DIE SONNE FEGT, REISST SIE IMMER HIN...
...UND DAS NEUE IST WIRKLICH 'NE SCHÖNHEIT. WIRD MIR RICHTIG LEID TUN, WENN ICH SEHE, WIE'S DAVONFLIEGT.
ICH SCHALTE DAS SCHWARZE SCHIFF AUF AUTOPILOT, UND WIR SCHWIRREN MIT DER LIMO AB, OKAY?
UND WIEDER IM RESTAURANT...
UND NUN DER AUGENBLICK, AUF DEN SIE ALLE GEWARTET HABEN! DER HIMMEL BEGINNT ZU KOCHEN, DIE NATUR STÜRZT IN DIE GELLENDE LEERE...

... IN ZWANZIG SEKUNDEN WIRD DAS UNIVERSUM SELBST AN SEINEM ENDE ANLANGEN. UND DA, DAS LICHT DER UNENDLICHKEIT BRICHT ÜBER UNS HEREIN.
PA-PA-PA-PA-PARRR
HÄ ?
WAS IST DAS ? WAS IST DENN JETZT LOS ?
SEHEN SIE DEN GROSSEN PROPHETEN ZARQUON PERSÖNLICH !
KLAPP KLAPP KLAPP
HURRAH
EINEN HERZLICHEN APPLAUS BITTE, MEINE DAMEN UND HERREN, FÜR DEN **GROSSEN PROPHETEN ZARQUON!** ER IST DA !
ZARQUON IST WIEDERGEKEHRT !
ÄH, HALLO, ÄH, TJA, TUT MIR LEID, ICH KOMME EIN BISSCHEN SPÄT. MIR IST ES GANZ GRAUENHAFT ERGANGEN, ALLE MÖGLICHEN DINGE TAUCHEN JA IMMER ERST IM LETZTEN MOMENT AUF...
ÄH, WIE SIEHT'S DENN MIT UNSERER ZEIT AUS ?

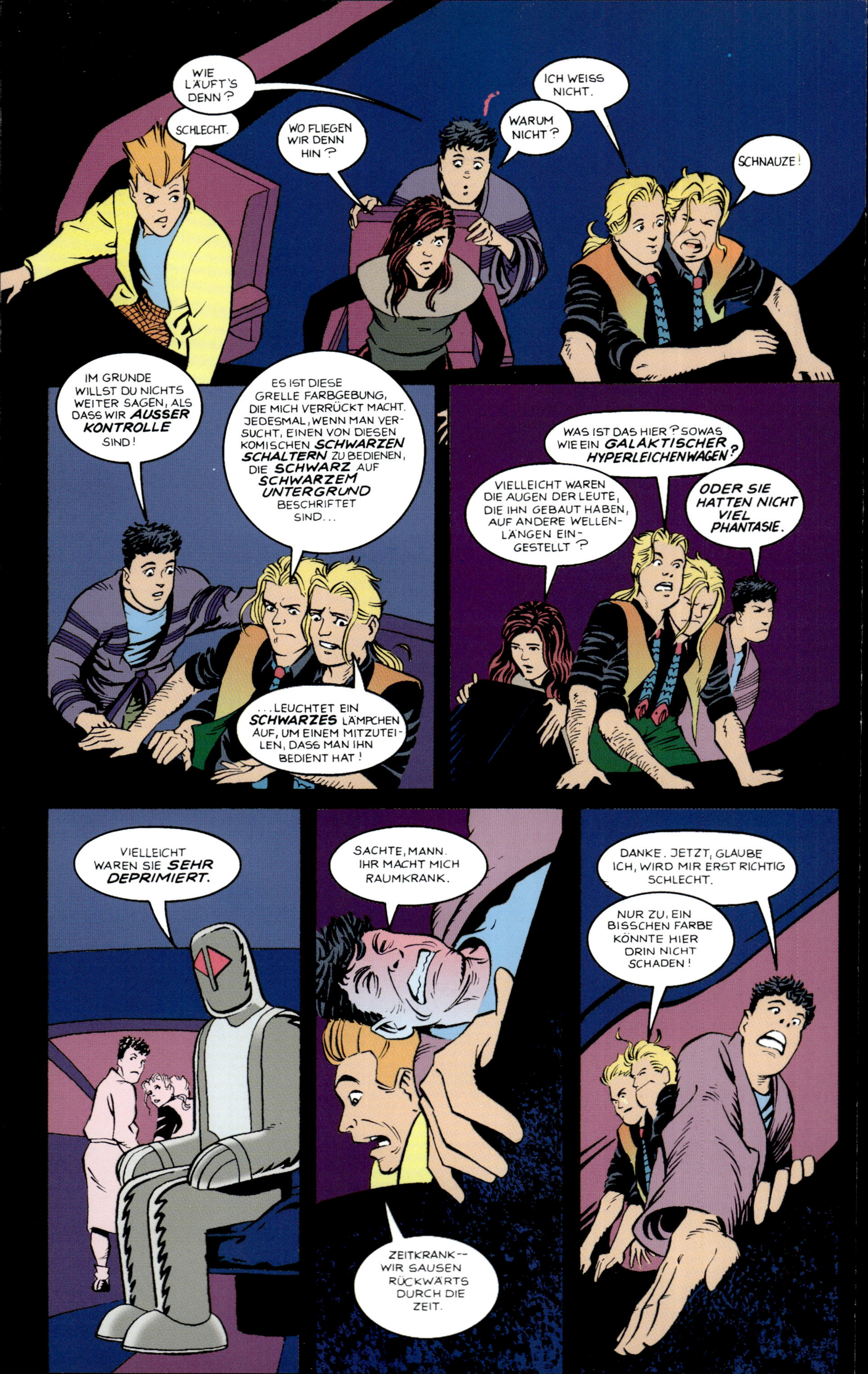

WIE LÄUFT'S DENN?
SCHLECHT.
WO FLIEGEN WIR DENN HIN?
WARUM NICHT?
ICH WEISS NICHT.
SCHNAUZE!
IM GRUNDE WILLST DU NICHTS WEITER SAGEN, ALS DASS WIR AUSSER KONTROLLE SIND!
ES IST DIESE GRELLE FARBGEBUNG, DIE MICH VERRÜCKT MACHT. JEDESMAL, WENN MAN VERSUCHT, EINEN VON DIESEN KOMISCHEN SCHWARZEN SCHALTERN ZU BEDIENEN, DIE SCHWARZ AUF SCHWARZEM UNTERGRUND BESCHRIFTET SIND...
...LEUCHTET EIN SCHWARZES LÄMPCHEN AUF, UM EINEM MITZUTEILEN, DASS MAN IHN BEDIENT HAT!
WAS IST DAS HIER? SOWAS WIE EIN GALAKTISCHER HYPERLEICHENWAGEN?
VIELLEICHT WAREN DIE AUGEN DER LEUTE, DIE IHN GEBAUT HABEN, AUF ANDERE WELLENLÄNGEN EINGESTELLT?
ODER SIE HATTEN NICHT VIEL PHANTASIE.
VIELLEICHT WAREN SIE SEHR DEPRIMIERT.
SACHTE, MANN. IHR MACHT MICH RAUMKRANK.
ZEITKRANK-- WIR SAUSEN RÜCKWÄRTS DURCH DIE ZEIT.
DANKE. JETZT, GLAUBE ICH, WIRD MIR ERST RICHTIG SCHLECHT.
NUR ZU, EIN BISSCHEN FARBE KÖNNTE HIER DRIN NICHT SCHADEN!

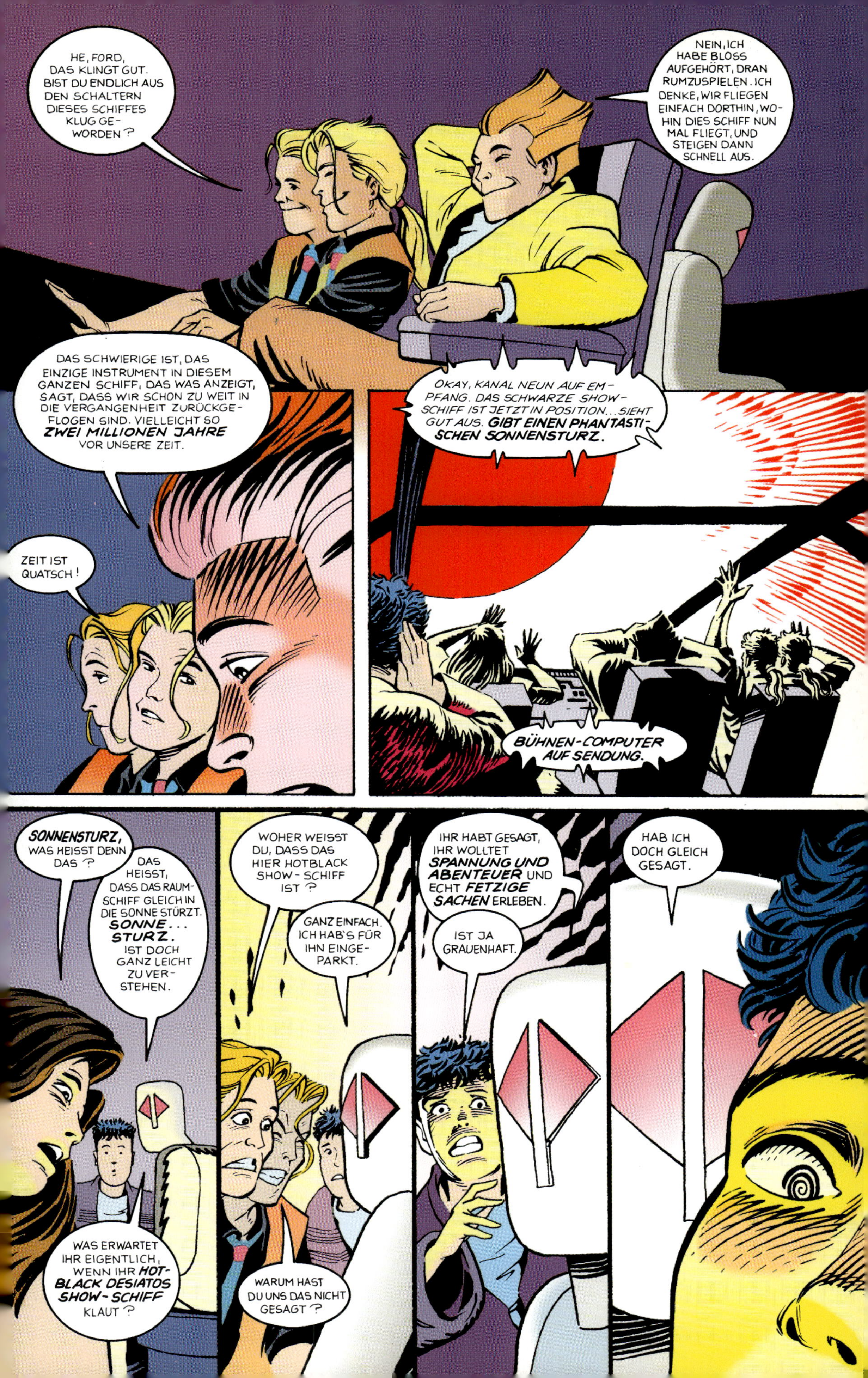
HE, FORD, DAS KLINGT GUT. BIST DU ENDLICH AUS DEN SCHALTERN DIESES SCHIFFES KLUG GEWORDEN?
NEIN, ICH HABE BLOSS AUFGEHÖRT, DRAN RUMZUSPIELEN. ICH DENKE, WIR FLIEGEN EINFACH DORTHIN, WOHIN DIES SCHIFF NUN MAL FLIEGT, UND STEIGEN DANN SCHNELL AUS.
DAS SCHWIERIGE IST, DAS EINZIGE INSTRUMENT IN DIESEM GANZEN SCHIFF, DAS WAS ANZEIGT, SAGT, DASS WIR SCHON ZU WEIT IN DIE VERGANGENHEIT ZURÜCKGEFLOGEN SIND. VIELLEICHT SO ZWEI MILLIONEN JAHRE VOR UNSERE ZEIT.
ZEIT IST QUATSCH!
OKAY, KANAL NEUN AUF EMPFANG. DAS SCHWARZE SHOW-SCHIFF IST JETZT IN POSITION... SIEHT GUT AUS. GIBT EINEN PHANTASTISCHEN SONNENSTURZ.
BÜHNEN-COMPUTER AUF SENDUNG.
SONNENSTURZ, WAS HEISST DENN DAS?
DAS HEISST, DASS DAS RAUMSCHIFF GLEICH IN DIE SONNE STÜRZT. SONNE... STURZ. IST DOCH GANZ LEICHT ZU VERSTEHEN.
WAS ERWARTET IHR EIGENTLICH, WENN IHR HOTBLACK DESIATOS SHOW-SCHIFF KLAUT?
WOHER WEISST DU, DASS DAS HIER HOTBLACK SHOW-SCHIFF IST?
GANZ EINFACH. ICH HAB'S FÜR IHN EINGEPARKT.
WARUM HAST DU UNS DAS NICHT GESAGT?
IHR HABT GESAGT, IHR WOLLTET SPANNUNG UND ABENTEUER UND ECHT FETZIGE SACHEN ERLEBEN.
IST JA GRAUENHAFT.
HAB ICH DOCH GLEICH GESAGT.

HERRLICHES WETTER HIER FÜR DAS KONZERT HEUTE NACHMITTAG.
ICH STEHE HIER DIREKT VOR DER BÜHNE, MITTEN IN DER **RUDLIT-WÜSTE. KAKRAFOON...**
... MITHILFE DIESER HYPERBINOPTISCHEN BRILLE KANN ICH GERADE NOCH DIE RIESIGEN ZUSCHAUERMASSEN ERKENNEN, DIE DORT HINTEN AM HORIZONT HOCKEN.

ÜBER IHNEN LEUCHTET DIE SONNE UND **WEISS NOCH GAR NICHT,** WAS GLEICH IN SIE HINEINDONNERT.
DIE UMWELTSCHÜTZERLOBBY ABER **WEISS, WAS GLEICH IN DIE SONNE HINEINDONNERT.** SIE BEHAUPTET, DAS KONZERT WIRD ERDBEBEN VERURSACHEN, SPRINGFLUTEN, IRREPARABLE SCHÄDEN AN DER ATMOSPHÄRE UND ALL DIE ÜBLICHEN DINGE, ÜBER DIE SICH UMWELTSCHÜTZER ÜBLICHERWEISE AUFREGEN.

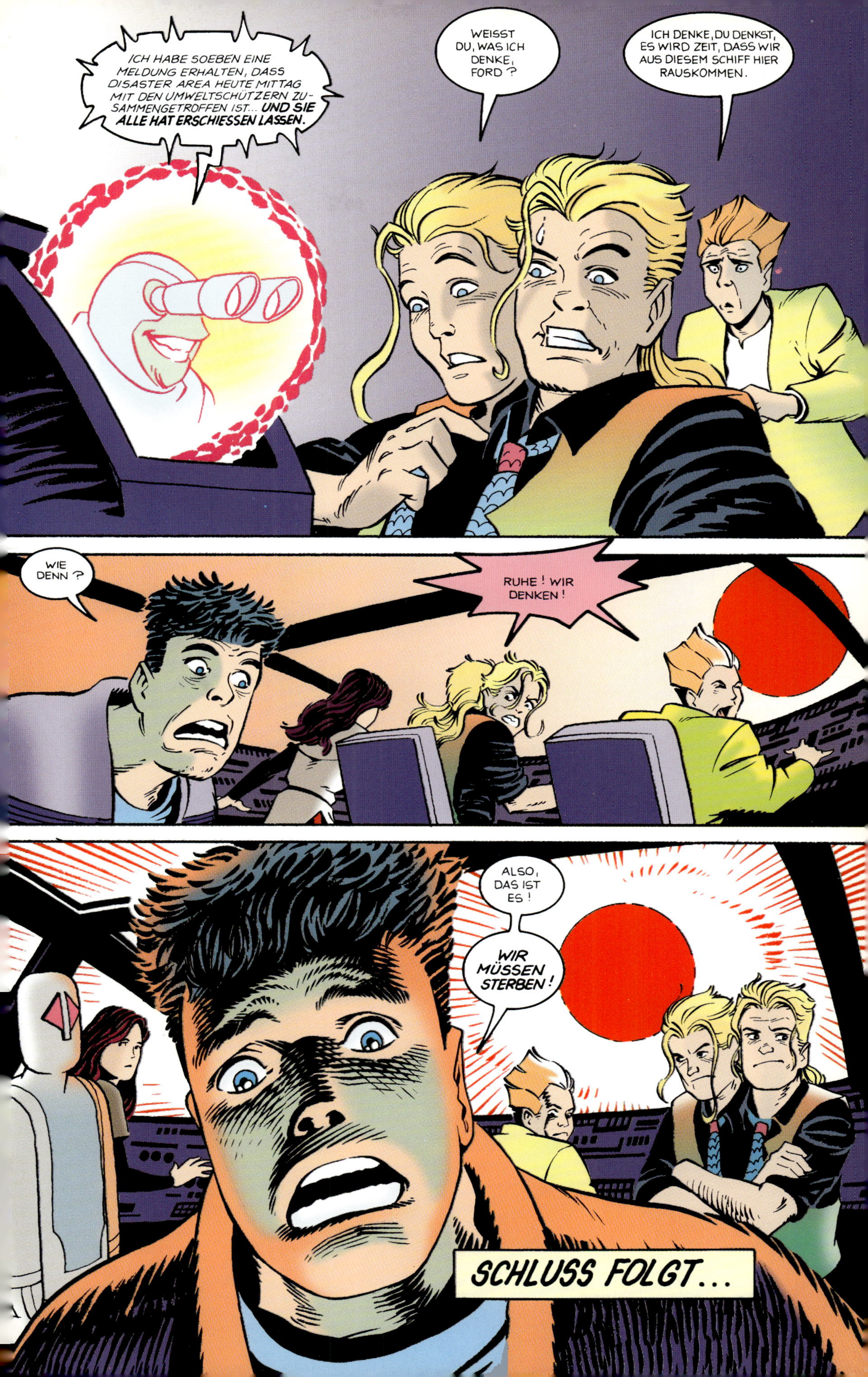
ICH HABE SOEBEN EINE MELDUNG ERHALTEN, DASS DISASTER AREA HEUTE MITTAG MIT DEN UMWELTSCHÜTZERN ZUSAMMENGETROFFEN IST... UND SIE ALLE HAT ERSCHIESSEN LASSEN.
WEISST DU, WAS ICH DENKE, FORD ?
ICH DENKE, DU DENKST, ES WIRD ZEIT, DASS WIR AUS DIESEM SCHIFF HIER RAUSKOMMEN.
WIE DENN ?
RUHE ! WIR DENKEN !
ALSO, DAS IST ES !
WIR MÜSSEN STERBEN !
SCHLUSS FOLGT...

Teil 3

NOCH EIN VORWORT

Ich habe Spaß an diesen kleinen Plaudereien am Beginn eines Buches. (Dies ist im Grunde glatt gelogen.) In Wirklichkeit mühst du dich beharrlich, ein Buch zu beenden oder wenigstens anzufangen, dessen Ablieferung du schon vor sieben Monaten versprochen hast, und FAXe beginnen einzutrudeln, in denen angefragt wird, ob du nicht vielleicht noch ein kurzes kleines Vorwort zu einem Buch schreiben könntest, unter das du, wie du dich deutlich erinnerst, bereits um 1981 „ENDE“ gesetzt hast. Du wirst, verspricht das FAX, keine zwei Minuten dafür brauchen. Verdammt richtig, du brauchst keine zwei Minuten dafür. Du brauchst vielmehr dreizehn Stunden dafür, und du versäumst schon wieder eine Dinnerparty, und deine Frau spricht nicht mehr mit dir, und das Buch verspätet sich dermaßen, daß du allmählich die gesamten Campingferien in den Pyrenäen verpaßt, und deine Frau redet nicht mehr mit dir, vor allen Dingen, weil die Campingferien deine Idee waren, nicht ihre, und sie bloß mitfahren wollte, weil du das wolltest, und jetzt muß sie ganz alleine hin, wo du doch ganz genau weißt, daß sie Campen nicht ausstehen kann. (Ich auch nicht, unter uns gesagt, ich habe mir das bloß ausgedacht.)

Und dann kommen noch mehr FAXe, in denen noch mehr Vorworte angefordert werden, diesmal für Sammelbände von Büchern, zu denen ich jeweils schon gesonderte Vorworte geschrieben hatte. Nach einer Weile stellte ich fest, daß ich bereits so viele Vorworte verfaßt habe, daß jemand sie alle gesammelt und in ein Buch gepackt hat und mich bittet, ein Vorwort dazu zu schreiben. Und so versäume ich schon wieder eine Dinnerparty, dazu einen Tauchtrip zu den Azoren, und ich entdecke, daß der Grund, warum meine Frau nicht mehr mit mir redet, der ist, daß sie inzwischen mit einem anderen verheiratet ist. (Ich denke mir auch dies bloß aus, soweit ich weiß.)

In den Zeiten, als ich noch zu Parties gehen konnte, mit anderen Worten, in den Zeiten, als ich erst einige wenige Bücher geschrieben hatte und das Schreiben von Vorworten erst noch eine Vollbeschäftigung werden sollte, sparte ich mir eine Menge Zeit, indem ich, wenn ich feststellte, daß zwei meiner Freunde sich noch nicht kannten, zu ihnen sagte: „Das ist Peter, das ist Paula, warum macht ihr euch nicht selber bekannt?“ Normalerweise funktionierte das phantastisch, und bevor man sich's versah, waren Peter und Paula ein glückliches Paar, das zusammen in die Skiferien in den französischen Alpen fuhr, und zwar mit meiner Frau und ihrem zweiten Ehemann.

So. Lieber Leser. Dies ist die Comicversion eines Teils von PER ANHALTER DURCH DIE GALAXIS. Warum macht ihr euch nicht selber miteinander bekannt?

Diese kleine Plauderei hat mir Spaß gemacht.

Douglas Adams, London 1994

AN DIESER STELLE, WENN HOTBLACK DESIATOS SHOW-SCHIFF JEDEN AUGENBLICK MIT ZAPHOD BEEBLE-BROX, FORD, ARTHUR, UND TRILLIAN AN BORD IN DIE SONNE DONNERN WIRD...
DA
HOTBLACK
ZAPHOD BEEBLEBROX
FORD
ARTHUR
TRILLIAN
...LOHNT ES VIELLEICHT, NOCHMAL AUF DIE THEORIEN ZURÜCKKOMMEN, DIE FORD PREFECT AUFGETISCHT HATTE, UM DIE EIGENTÜMLICHE MENSCHLICHE ANGEWOHNHEIT ZU ERKLÄREN, FORTWÄHREND DAS ALLERALLEROFFENKUNDIGSTE ZU KONSTATIEREN UND NOCHMALS ZU KONSTATIEREN, WIE ZUM BEISPIEL: „SCHÖNES WETTER HEUTE!" ODER „DU BIST ABER GROSS" ODER...
...ALSO DAS IST ES. WIR MÜSSEN STERBEN.
SEINE ERSTE THEORIE LAUTETE: WENN MENSCHLICHE WESEN NICHT STÄNDIG DIE LIPPEN BEWEGEN, ROSTEN IHRE MÜNDER EIN.
SEINE ZWEITE--WENN MENSCHLICHE WESEN NICHT STÄNDIG DIE LIPPEN BEWEGEN, FANGEN IHRE GEHIRNE AN ZU ARBEITEN.
IN WIRKLICHKEIT TRIFFT DIESE ZWEITE THEORIE WEIT EHER AUF DAS VOLK DER BELZEREBONEN AUF KAKRAFOON ZU.

DIE BELZEREBONEN RIEFEN BEI IHREN NACHBARVÖLKERN STETS GROSSE EMPÖRUNG UND UNSICHERHEIT HERVOR, WEIL SIE EINE DER AUFGEKLÄRTESTEN, GEBILDETSTEN UND VOR ALLEM **SCHWEIGSAMSTEN** ZIVILISATIONEN DER GALAXIS WAREN.
ALS STRAFE FÜR DIESES VERHALTEN, DAS ALS SELBSTGERECHT UND PROVOZIEREND EMPFUNDEN WURDE, VERHÄNGTE EIN GALAKTISCHER GERICHTSHOF DIE GRAUSAMSTE ALLER VOLKSSEUCHEN ÜBER SIE ... DIE TELEPATHIE.
BANAUSE!
ICH HAB'S GEHÖRT!
QUANTEN-PHYSIK UND INNEN-ARCHITEKTUR
TALES FROM THE CITY

QUIET—
PLEASE
UM SICH NUN SELBST DARAN ZU HINDERN, JEDEN KLEINSTEN GEDANKEN ALLEN LEUTEN IM UMKREIS VON FÜNF MEILEN MITZUTEILEN . . .
GIBBER GIBBER GIBBER
GIBBER GIBBER
. . . MÜSSEN SIE JETZT SEHR LAUT UND ANDAUERND ÜBER DAS WETTER REDEN, ÜBER IHRE KLEINEN KÜMMERCHEN UND WEHWEHCHEN UND DARÜBER, WIE GRAUENHAFT LÄRMIG ES PLÖTZLICH AUF KAKRAFOON GEWORDEN IST.
D A
EINE ANDERE METHODE, IHRE GEHIRNE VORÜBERGEHEND ZU UMNEBELN, IST EIN DISASTER-AREA-KONZERT ZU BESUCHEN.

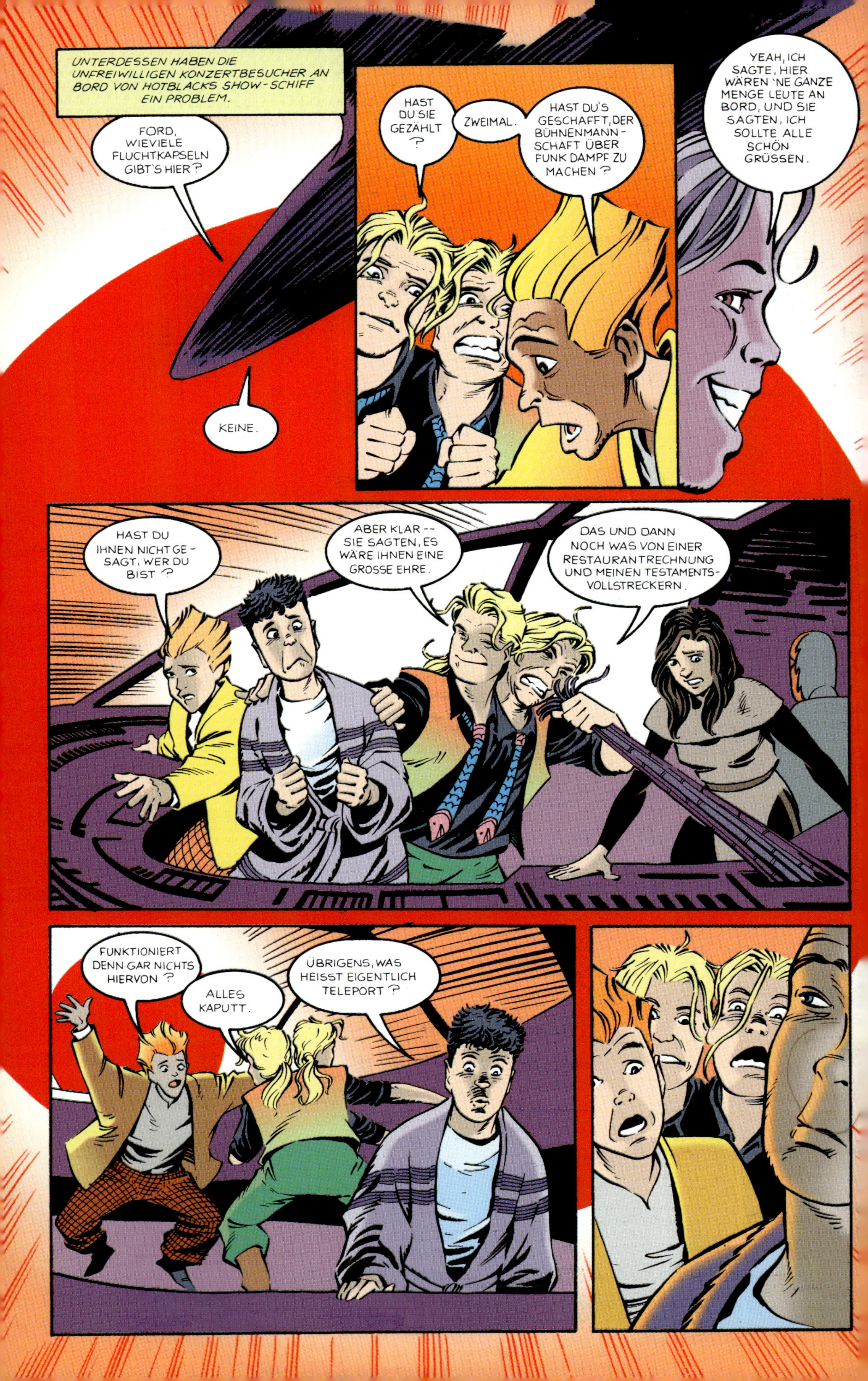
UNTERDESSEN HABEN DIE UNFREIWILLIGEN KONZERTBESUCHER AN BORD VON HOTBLACKS SHOW-SCHIFF EIN PROBLEM.
FORD, WIEVIELE FLUCHTKAPSELN GIBT'S HIER?
KEINE.
HAST DU SIE GEZÄHLT?
ZWEIMAL.
HAST DU'S GESCHAFFT, DER BÜHNENMANNSCHAFT ÜBER FUNK DAMPF ZU MACHEN?
YEAH, ICH SAGTE, HIER WÄREN 'NE GANZE MENGE LEUTE AN BORD, UND SIE SAGTEN, ICH SOLLTE ALLE SCHÖN GRÜSSEN.
HAST DU IHNEN NICHT GESAGT, WER DU BIST?
ABER KLAR -- SIE SAGTEN, ES WÄRE IHNEN EINE GROSSE EHRE.
DAS UND DANN NOCH WAS VON EINER RESTAURANTRECHNUNG UND MEINEN TESTAMENTSVOLLSTRECKERN.
FUNKTIONIERT DENN GAR NICHTS HIERVON?
ALLES KAPUTT.
ÜBRIGENS, WAS HEISST EIGENTLICH TELEPORT?

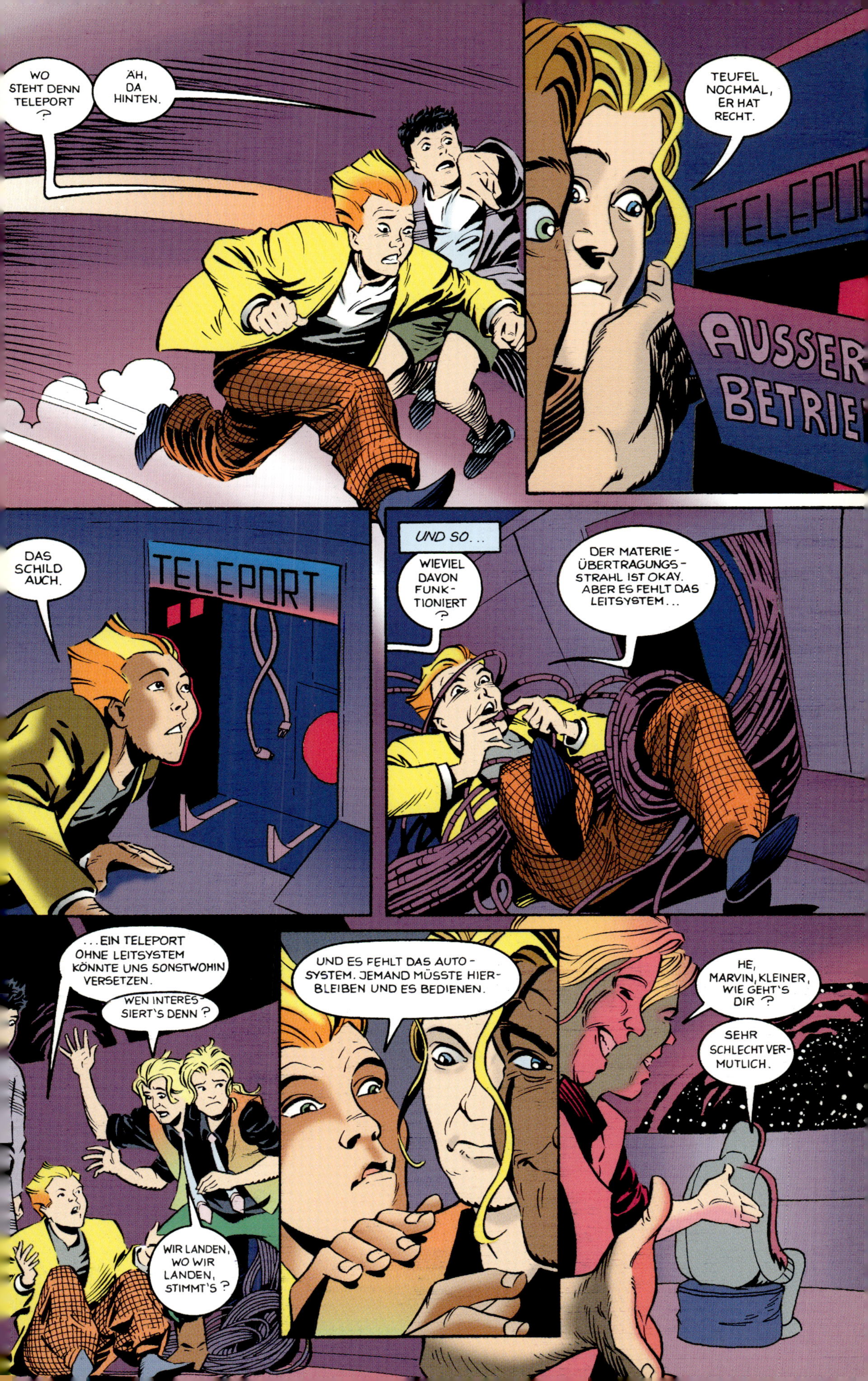
WO STEHT DENN TELEPORT ?
ÄH, DA HINTEN.
TEUFEL NOCHMAL, ER HAT RECHT.
TELEPO
AUSSER BETRIE
DAS SCHILD AUCH.
TELEPORT
UND SO...
WIEVIEL DAVON FUNKTIONIERT ?
DER MATERIE-ÜBERTRAGUNGS-STRAHL IST OKAY. ABER ES FEHLT DAS LEITSYSTEM...
...EIN TELEPORT OHNE LEITSYSTEM KÖNNTE UNS SONSTWOHIN VERSETZEN.
WEN INTERESSIERT'S DENN ?
WIR LANDEN, WO WIR LANDEN, STIMMT'S ?
UND ES FEHLT DAS AUTO-SYSTEM. JEMAND MÜSSTE HIERBLEIBEN UND ES BEDIENEN.
HE, MARVIN, KLEINER, WIE GEHT'S DIR ?
SEHR SCHLECHT VERMUTLICH.

ALS DAS SCHWARZE RAUMSCHIFF FAHRPLANMÄSSIG IN DEN ATOMSCHMELZOFEN DER SONNE STÜRZTE, ZÜNGELTE UNGEHEURE SONNENERUPTIONEN MILLIONEN VON MEILEN IN DEN WELTRAUM HINAUS.
AUF KAKRAFOON RISS DIE WÜSTE ENTLANG EINER TIEFEN VERWERFUNGSLINIE AUF UND SCHLEUDERTE MILLIONEN VON TONNEN GESCHMOLZENER LAVA HUNDERTE VON METERN IN DIE LUFT.
DIE SEHR WENIGEN, DIE DEM EREIGNIS BEIWOHNTEN UND ES ÜBERLEBTEN, SCHWÖREN, DASS DIE GESAMTEN HUNDERTTAUSEND QUADRATMEILEN DER WÜSTE DURCH DIE LUFT WIRBELTEN WIE EIN EIERKUCHEN...
...GERADE ALS DIE STRAHLUNG DER SONNENERUPTIONEN DURCH DEN WASSERDAMPF DRANG UND AUF DAS NEUE LAND TRAF.

HUNDERT JAHRE SPÄTER HATTE SICH DIE ATMOSPHÄRE UM DEN PLANETEN SUBTIL VERÄNDERT. DIE SONNE BRANNTE WENIGER GRAUSAM IM SOMMER, DIE KÄLTE ZWICKTE WENIGER BITTER, UND ES FIEL ÖFTER ANGENEHMER REGEN.
DIE WÜSTENWELT VON KAKRAFOON WURDE ZUM PARADIES.
SELBST DER TELEPATHISCHE FLUCH GEGEN DIE BELZEREBONEN WURDE DURCH DIE MACHT DER EXPLOSION GEBROCHEN.
VIELE LEUTE SPRACHEN ERGREIFEND VON DEN HEILENDEN KRÄFTEN DER MUSIK.
ABER EIN PAAR SKEPTISCHE WISSENSCHAFTLER, DIE DIE AUFZEICHNUNGEN GENAUER UNTERSUCHTEN, ENTDECKTEN SCHWACHE ANZEICHEN EINES RIESIGEN, KÜNSTLICH ERZEUGTEN UNWAHRSCHEINLICHKEITSFELDES, DAS AUS EINER NAHEGELEGENEN RAUMREGION HEREINSCHWEBTE.

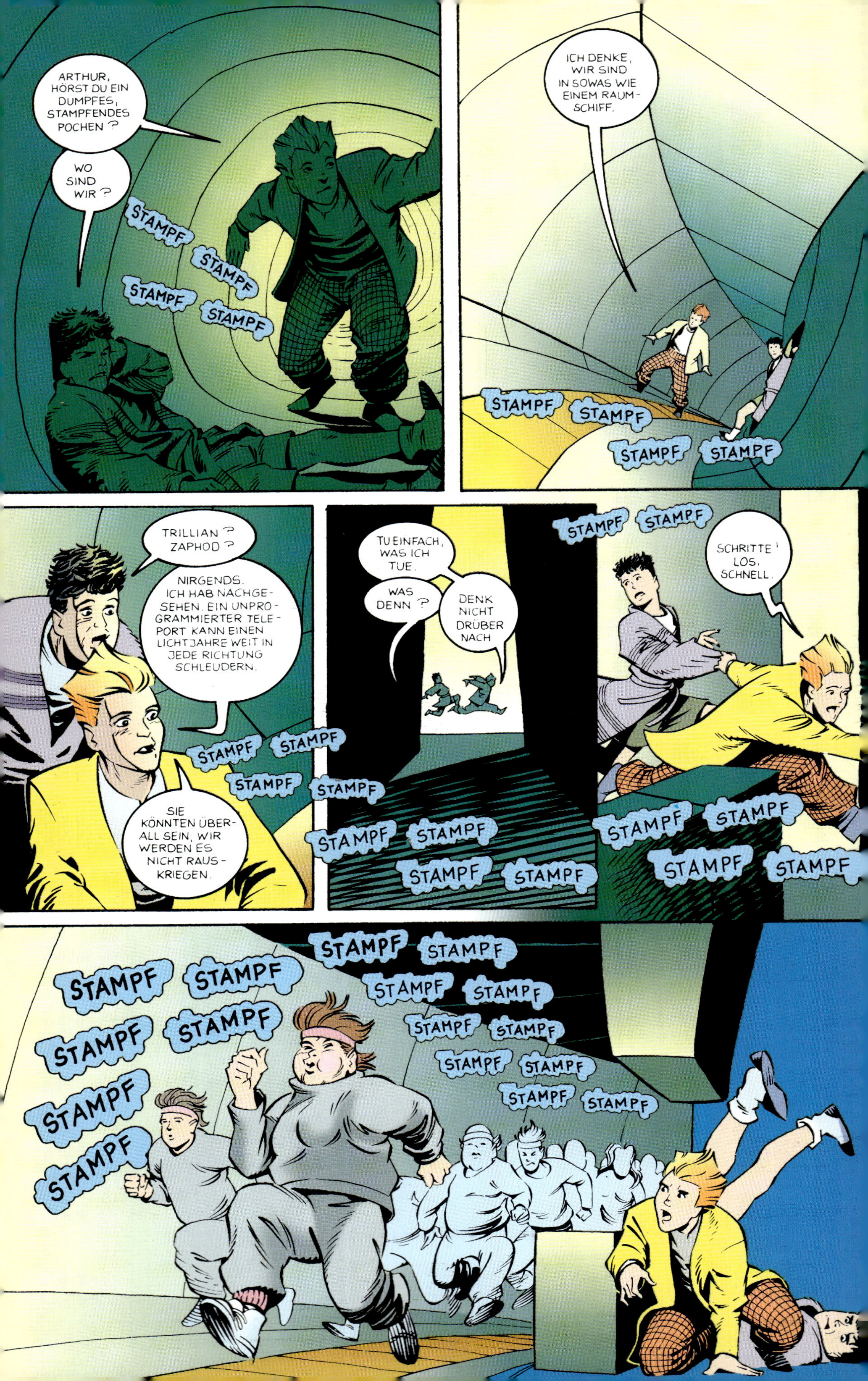

ARTHUR, HÖRST DU EIN DUMPFES, STAMPFENDES POCHEN ?
WO SIND WIR ?
STAMPF STAMPF STAMPF STAMPF
ICH DENKE, WIR SIND IN SOWAS WIE EINEM RAUM-SCHIFF.
STAMPF STAMPF STAMPF STAMPF
TRILLIAN ? ZAPHOD ?
NIRGENDS. ICH HAB NACHGE-SEHEN. EIN UNPRO-GRAMMIERTER TELE-PORT KANN EINEN LICHTJAHRE WEIT IN JEDE RICHTUNG SCHLEUDERN.
SIE KÖNNTEN ÜBER-ALL SEIN, WIR WERDEN ES NICHT RAUS-KRIEGEN.
STAMPF STAMPF STAMPF STAMPF
TU EINFACH, WAS ICH TUE.
WAS DENN ?
DENK NICHT DRÜBER NACH
STAMPF STAMPF STAMPF STAMPF
STAMPF STAMPF
SCHRITTE! LOS, SCHNELL.
STAMPF STAMPF STAMPF STAMPF
STAMPF STAMPF STAMPF STAMPF STAMPF STAMPF
STAMPF STAMPF STAMPF STAMPF STAMPF STAMPF STAMPF STAMPF STAMPF STAMPF

JOGGER ?
JOGGER.
STAMPF
STAMPF
STAMPF
MANN! DAS IST JA IRRE.
SLINK
WAS IST DENN SO TOLL AN TOTEN LEUTEN ?
WEISS NICHT. VERSUCHEN WIR'S RAUSZUFINDEN.
GUCK MAL, AN DEM IST EIN SCHILD. ES IST MIT REIF ÜBERZOGEN.
DARAUF STEHT: „ARCHENFLOTTE GOLGAFRINCHAM, SCHIFF B, DECK 7, TELEFONDESINFIZIERER ZWEITER KLASSE"-- UND EINE SERIENNUMMER.
EIN TOTER TELEFONDESINFIZIERER ?
BESTENFALLS.
WAS MACHT ER DENN HIER ?
NICHT VIEL.

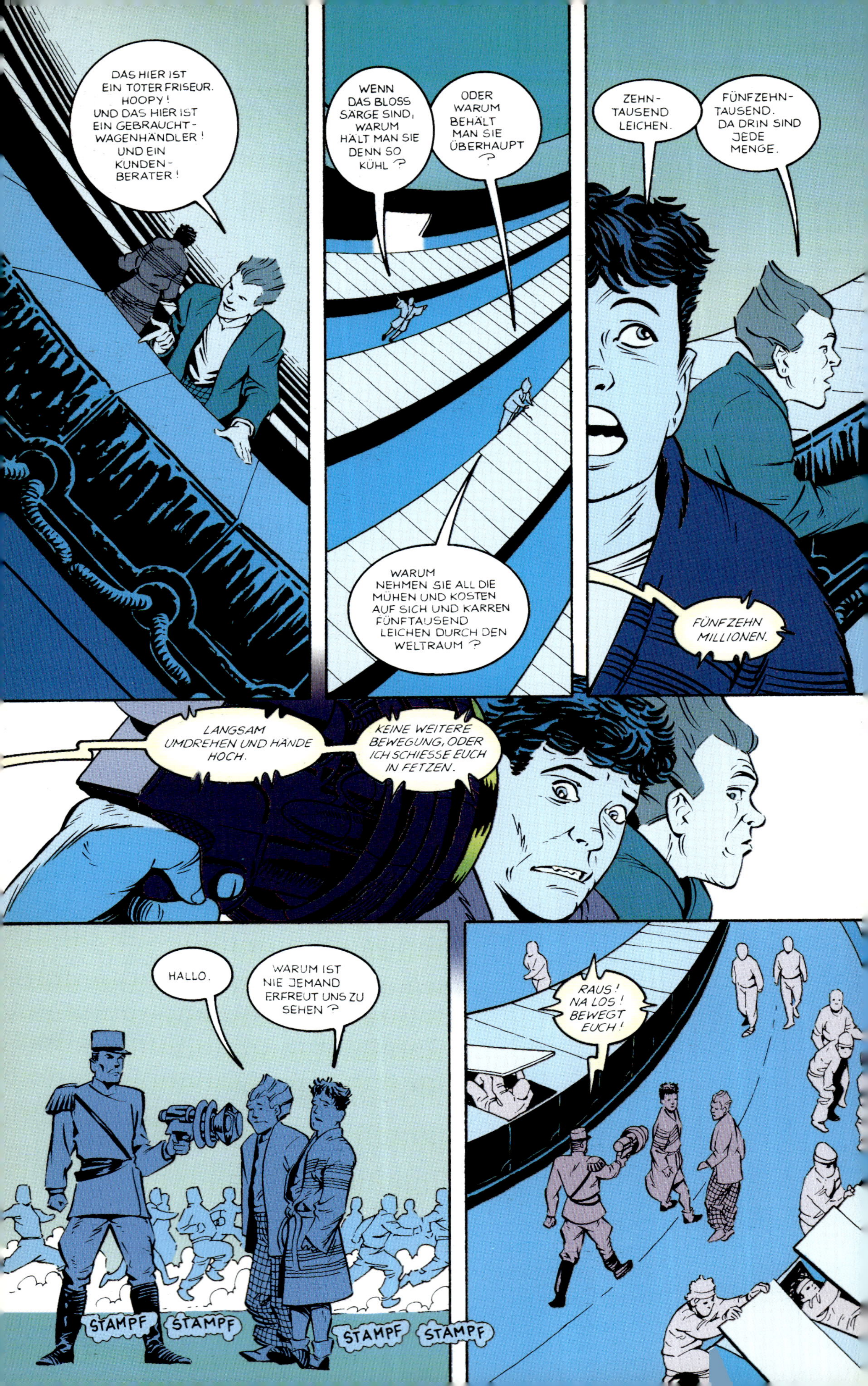
DAS HIER IST EIN TOTER FRISEUR. HOOPY! UND DAS HIER IST EIN GEBRAUCHT-WAGENHÄNDLER! UND EIN KUNDEN-BERATER!
WENN DAS BLOSS SÄRGE SIND, WARUM HÄLT MAN SIE DENN SO KÜHL?
ODER WARUM BEHÄLT MAN SIE ÜBERHAUPT?
WARUM NEHMEN SIE ALL DIE MÜHEN UND KOSTEN AUF SICH UND KARREN FÜNFTAUSEND LEICHEN DURCH DEN WELTRAUM?
ZEHN-TAUSEND LEICHEN.
FÜNFZEHN-TAUSEND. DA DRIN SIND JEDE MENGE.
FÜNFZEHN MILLIONEN.
LANGSAM UMDREHEN UND HÄNDE HOCH.
KEINE WEITERE BEWEGUNG, ODER ICH SCHIESSE EUCH IN FETZEN.
HALLO.
WARUM IST NIE JEMAND ERFREUT UNS ZU SEHEN?
STAMPF STAMPF
STAMPF STAMPF
RAUS! NA LOS! BEWEGT EUCH!

KURZ DANACH...
IMMER WEITER.
KEINE FALSCHEN BEWEGUN-GEN.
KEINE KINKER-LITZCHEN, SONST SCHIESSE ICH EUCH IN FETZEN.
KÄPT'N, SIR!
OH, HALLO, NUMMER ZWEI. GEHT'S IHNEN GUT?
ICH HABE IHNEN DIESE GEFANGENEN GEBRACHT, DIE ICH IM TIEFKÜHLDECK 7 ENTDECKT HABE, SIR!
HALLO.
ÄÄÄH... HALLO.
OH, HALLO, LEUTE. ENTSCHULDIGEN SIE, DASS ICH NICHT AUFSTEHE. NEHME BLOSS SCHNELL EIN BAD.
ALSO DANN, JYNNAN TONNYX FÜR ALLE.
GUCKEN SIE MAL IN DEN KÜHLSCHRANK, NUMMER EINS.
GEWISS, SIR.
WOLLEN SIE DIE GEFANGENEN NICHT VER-HÖREN, SIR?
WARUM UM ALLES AUF GOLGAFRINCHAM SOLLTE ICH DAS TUN?
UM INFORMATIONEN AUS IHNEN RAUS-ZUHOLEN, SIR! UM RAUSZUKRIEGEN, WARUM SIE HERGE-KOMMEN SIND!

OH, NEIN, NEIN, NEIN. ICH NEHME AN, SIE SIND BLOSS AUF EINEN SCHNELLEN JYNNAN TONNYX VORBEI-GEKOMMEN, STIMMT'S ?
ABER SIR, SIE SIND MEINE GEFANGENEN! ICH MUSS SIE VERHÖREN!
NA SCHÖN, WENN SIE'S UNBEDINGT MÜSSEN. FRAGEN SIE SIE, WAS SIE TRINKEN WOLLEN.
OKAY, IHR DRECKSKERLE, IHR PARASITEN...
SACHTE, NUMMER ZWEI.
...WAS WOLLT IHR TRINKEN!?!
JYNNAN TONNYX HÖRT SICH GUT AN.
ÄH, JA, WUNDERBAR.
MIT ODER OHNE EIS?
JA, BITTE MIT. UND HÄTTEN SIE VIELLEICHT EIN PAAR VON DIESEN RUNDEN KÄSE-PLÄTZCHEN?
HIER STELLE ICH DIE FRAGEN!!!

ÄH, NUMMER ZWEI, ZIEHN SIE LEINE, JA? ICH VERSUCHE GERADE, EIN ENTSPANNENDES BAD ZU NEHMEN.
DARF ICH SIE DARAN ERINNERN, SIR, DASS SIE JETZT SCHON LÄNGER ALS DREI JAHRE IN DER WANNE SITZEN?
TJA, MAN BRAUCHT EBEN VIEL ENTSPANNUNG IN EINEM JOB WIE MEINEM.
ÄH, KÄPT'N, DÜRFTE ICH SIE FRAGEN... WORIN IHR JOB EIGENTLICH BESTEHT?
ICH MEINE, DIE LEICHEN IM LADERAUM WAREN EINFACH NICHT ZU ÜBERSEHEN.
LEICHEN?
JA. UNTEN IM LADERAUM.
ACH, DIE SIND DOCH NICHT TOT. GROSSER GOTT, NEIN. SIE SIND BLOSS TIEFGEFROREN.
WOLLEN SIE DAMIT SAGEN, SIE HABEN EINEN GANZEN FRACHTRAUM TIEFGEFRORENER FRISEURE?
OH JA. MILLIONEN DAVON. FRISEURE, FRUSTRIERTE TV-PRODUZENTEN, VERSICHERUNGSVERTRETER...
...PERSONALCHEFS, SICHERHEITSBEAMTE, WERBEFACHLEUTE, UNTERNEHMENSBERATER. WAS SIE WOLLEN.
WIR WERDEN DAMIT EINEN ANDEREN PLANETEN BESIEDELN. AUFREGEND, NICHT?

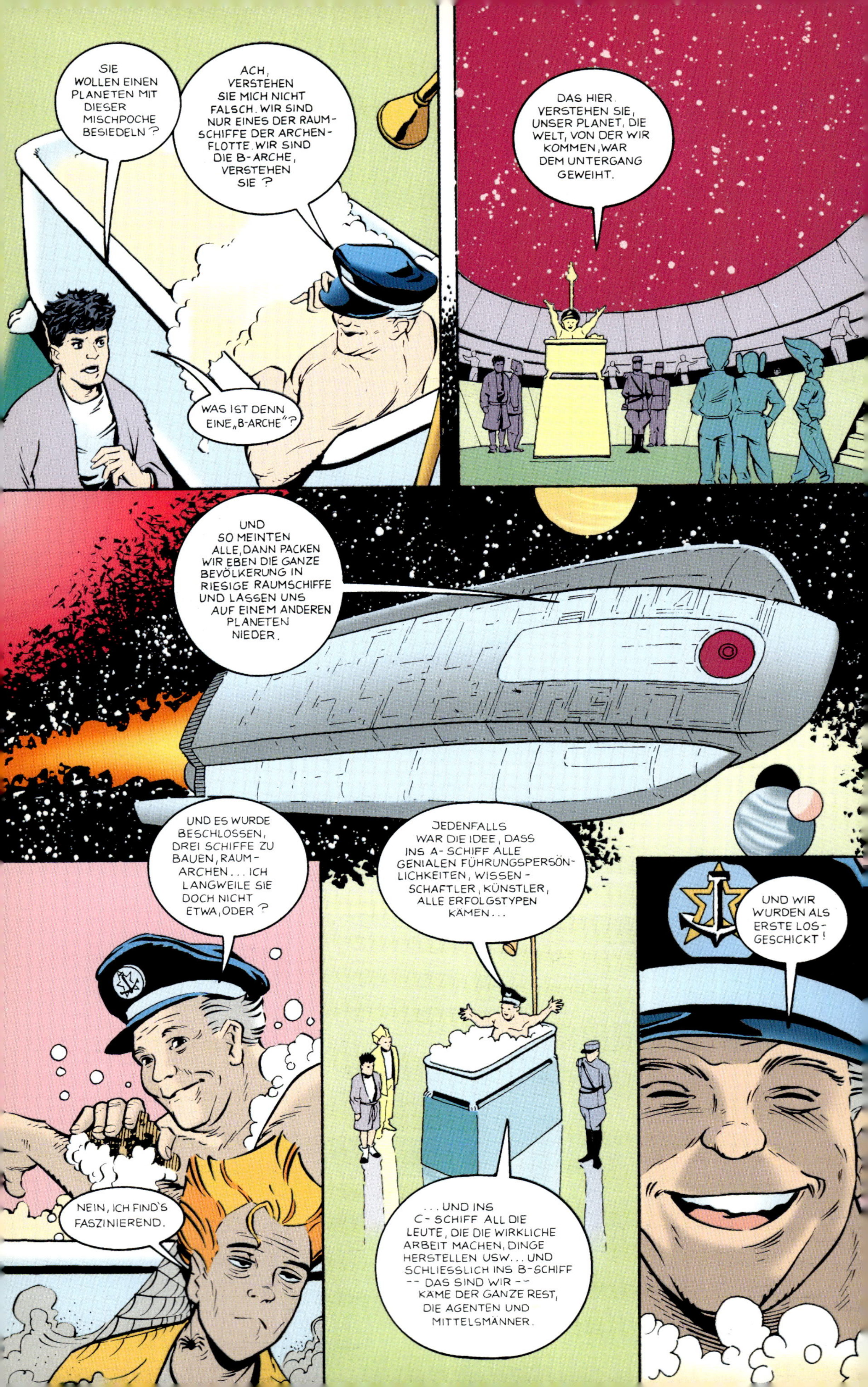
SIE WOLLEN EINEN PLANETEN MIT DIESER MISCHPOCHE BESIEDELN?
ACH, VERSTEHEN SIE MICH NICHT FALSCH. WIR SIND NUR EINES DER RAUMSCHIFFE DER ARCHENFLOTTE. WIR SIND DIE B-ARCHE, VERSTEHEN SIE?
WAS IST DENN EINE „B-ARCHE"?
DAS HIER. VERSTEHEN SIE, UNSER PLANET, DIE WELT, VON DER WIR KOMMEN, WAR DEM UNTERGANG GEWEIHT.
UND SO MEINTEN ALLE, DANN PACKEN WIR EBEN DIE GANZE BEVÖLKERUNG IN RIESIGE RAUMSCHIFFE UND LASSEN UNS AUF EINEM ANDEREN PLANETEN NIEDER.
UND ES WURDE BESCHLOSSEN, DREI SCHIFFE ZU BAUEN, RAUMARCHEN ... ICH LANGWEILE SIE DOCH NICHT ETWA, ODER?
NEIN, ICH FIND'S FASZINIEREND.
JEDENFALLS WAR DIE IDEE, DASS INS A-SCHIFF ALLE GENIALEN FÜHRUNGSPERSÖNLICHKEITEN, WISSENSCHAFTLER, KÜNSTLER, ALLE ERFOLGSTYPEN KÄMEN ...
... UND INS C-SCHIFF ALL DIE LEUTE, DIE DIE WIRKLICHE ARBEIT MACHEN, DINGE HERSTELLEN USW ... UND SCHLIESSLICH INS B-SCHIFF -- DAS SIND WIR -- KÄME DER GANZE REST, DIE AGENTEN UND MITTELSMÄNNER.
UND WIR WURDEN ALS ERSTE LOSGESCHICKT!

ÄH, WAS GENAU WAR ES EIGENTLICH, WAS MIT IHREM PLANETEN NICHT IN ORDNUNG WAR ?
OCH, ANSCHEINEND SOLLTE ER IN DIE SONNE STÜRZEN ODER SOWAS.
OH! ICH DACHTE, ER SOLLTE VON EINEM RIESENSCHWARM ZWÖLF FUSS GROSSER PIRANHA-BIENEN ÜBERFALLEN WERDEN. WAR'S NICHT DAS ?
MEIN REGIMENTSKOMMANDEUR HAT MIR GESAGT, DASS DEM GANZEN PLANETEN DIE GEFAHR DROHTE, VON EINER RIESIGEN MUTIERTEN STERNENZIEGE GEFRESSEN ZU WERDEN!
WIRKLICH ?
JA! EINEM UNGEHEUER AUS DEN TIEFEN DER HÖLLE MIT ZEHNTAUSEND MEILEN LANGEN SENSENZÄHNE UND EINEM ATEM, DER DIE MEERE ZUM VERDUNSTEN BRINGT...
...MIT KLAUEN, DIE ERDTEILE AUSEINANDERREISSEN KÖNNTEN UND GEIFERNDEN KIEFERN, DIE QUERRÜBER EINE MILLION MEILEN MESSEN...
UND SIE STELLTEN SICHER, DASS SIE ALS ERSTE LOSGESCHICKT WURDEN, STIMMT'S ?
ABER JA. NUN JA, ALLE SAGTEN, ES WÄRE GUT FÜR DIE MORAL ZU WISSEN, SIE KÄMEN AUF EINEM PLANETEN AN, WO SIE MIT SICHERHEIT EINEN GUTEN HAARSCHNITT BEKÄMEN UND DIE TELEFONE SAUBER SIND.
UND DIE ANDEREN SCHIFFE SIND IHNEN DANN GEFOLGT, NICHT WAHR ?
TJA, KOMISCH, DASS SIE DAS FRAGEN, DENN MERKWÜRDIGERWEISE HABEN WIR KEINEN PIEP MEHR VON IHNEN GEHÖRT, SEIT WIR VOR FÜNF JAHREN GESTARTET SIND.
SIE MÜSSEN IRGENDWO HINTER UNS SEIN, ES SEI DENN NATÜRLICH, SIE WURDEN VON DER ZIEGE GEFRESSEN.

IST JA ULKIG, NICHT? ABER JETZT, WO ICH TATSÄCHLICH MAL DAZU KOMME, DIE GESCHICHTE JEMAND ANDEREM ZU ERZÄHLEN... KOMMT SIE MIR WIRKLICH EIN BISSCHEN KOMISCH VOR.
TJA, ICH SEHE, SIE HABEN NOCH JEDE MENGE ZU ERZÄHLEN, DARUM VIELEN DANK FÜR DIE DRINKS...
...UND WENN SIE UNS EINFACH AUF DEM NÄCHSTBESTEN PLANETEN ABSETZEN KÖNNTEN...
ACH, NAJA, DAS IST EIN BISSCHEN SCHWIERIG, VERSTEHEN SIE, WEIL UNSER FLUGBAHN-DINGSBUMS VORPROGRAMMIERT WURDE, EHE WIR GOLGAFRINCHAM VERLIESSEN.
WANN GEDENKEN SIE DENN DEN PLANETEN ZU ERREICHEN, DEN SIE BESIEDELN WOLLEN?
OH, WIR SIND FAST DA, GLAUBE ICH. JEDE SEKUNDE.
ALSO WIR WERDEN WIRKLICH JEDEN MOMENT LANDEN?
NAJA, NICHT RICHTIG **LANDEN**. EIGENTLICH, ÄH, NICHT...
...ALSO, SOWEIT ICH MICH ERINNERN KANN, WURDEN WIR SO PROGRAMMIERT, DASS WIR DRAUF ABSTÜRZEN.
ABSTÜRZEN!
ÄH, JA. DAS GEHÖRT ALLES MIT ZU DEM PLAN, GLAUBE ICH. DAFÜR GAB'S EINEN WAHNSINNIG GUTEN GRUND, AN DEN ICH MICH NICHT RECHT ERINNERN KANN...
IHR SEID JA NICHTS ALS EIN RUDEL NUTZLOSER, VERDAMMTER IRRER!
JA, KLAR. DAS WAR DER GRUND... WIR SIND EIN RUDEL NUTZLOSER, VERDAMMTER IRRER!

UND SO...
SO EIN DRECKIGER, GEMEINER STREICH.
EINE EINFALLSREICHE LÖSUNG DES PROBLEMS, HÄTTE ICH GEMEINT.
WARUM KÖNNEN DIE LEUTE NICHT EINFACH LERNEN, IN FRIEDEN UND EINTRACHT MITEINANDER ZU LEBEN?
ZWEIUNDVIERZIG!
NEIN, FUNKTIONIERT NICHT. MACH DIR NICHTS DRAUS.
WAS WIRD DEINER MEINUNG NACH MIT ALL DEN LEUTEN GESCHEHEN?
IN EINEM UNENDLICHEN UNIVERSUM KANN ALLES GESCHEHEN.
DAS IST ES. WUNDERBAR. DU MACHST GESCHICHTE.
URR GGHH.

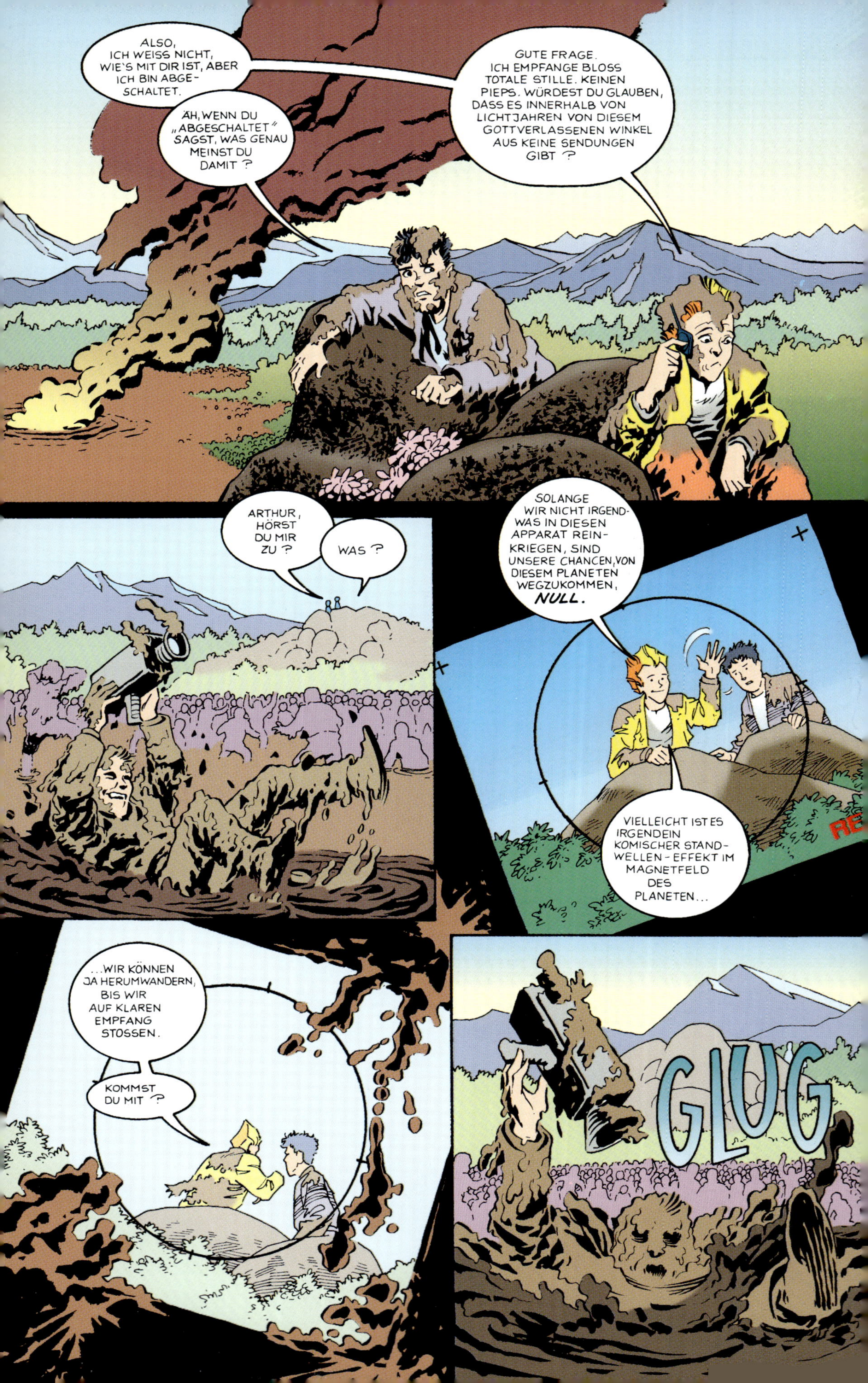

ALSO, ICH WEISS NICHT, WIE'S MIT DIR IST, ABER ICH BIN ABGE- SCHALTET.
ÄH, WENN DU „ABGESCHALTET" SAGST, WAS GENAU MEINST DU DAMIT?
GUTE FRAGE. ICH EMPFANGE BLOSS TOTALE STILLE. KEINEN PIEPS. WÜRDEST DU GLAUBEN, DASS ES INNERHALB VON LICHTJAHREN VON DIESEM GOTTVERLASSENEN WINKEL AUS KEINE SENDUNGEN GIBT?
ARTHUR, HÖRST DU MIR ZU?
WAS?
SOLANGE WIR NICHT IRGEND- WAS IN DIESEN APPARAT REIN- KRIEGEN, SIND UNSERE CHANCEN, VON DIESEM PLANETEN WEGZUKOMMEN, NULL.
VIELLEICHT IST ES IRGENDEIN KOMISCHER STAND- WELLEN - EFFEKT IM MAGNETFELD DES PLANETEN...
...WIR KÖNNEN JA HERUMWANDERN, BIS WIR AUF KLAREN EMPFANG STOSSEN.
KOMMST DU MIT?
GLUG

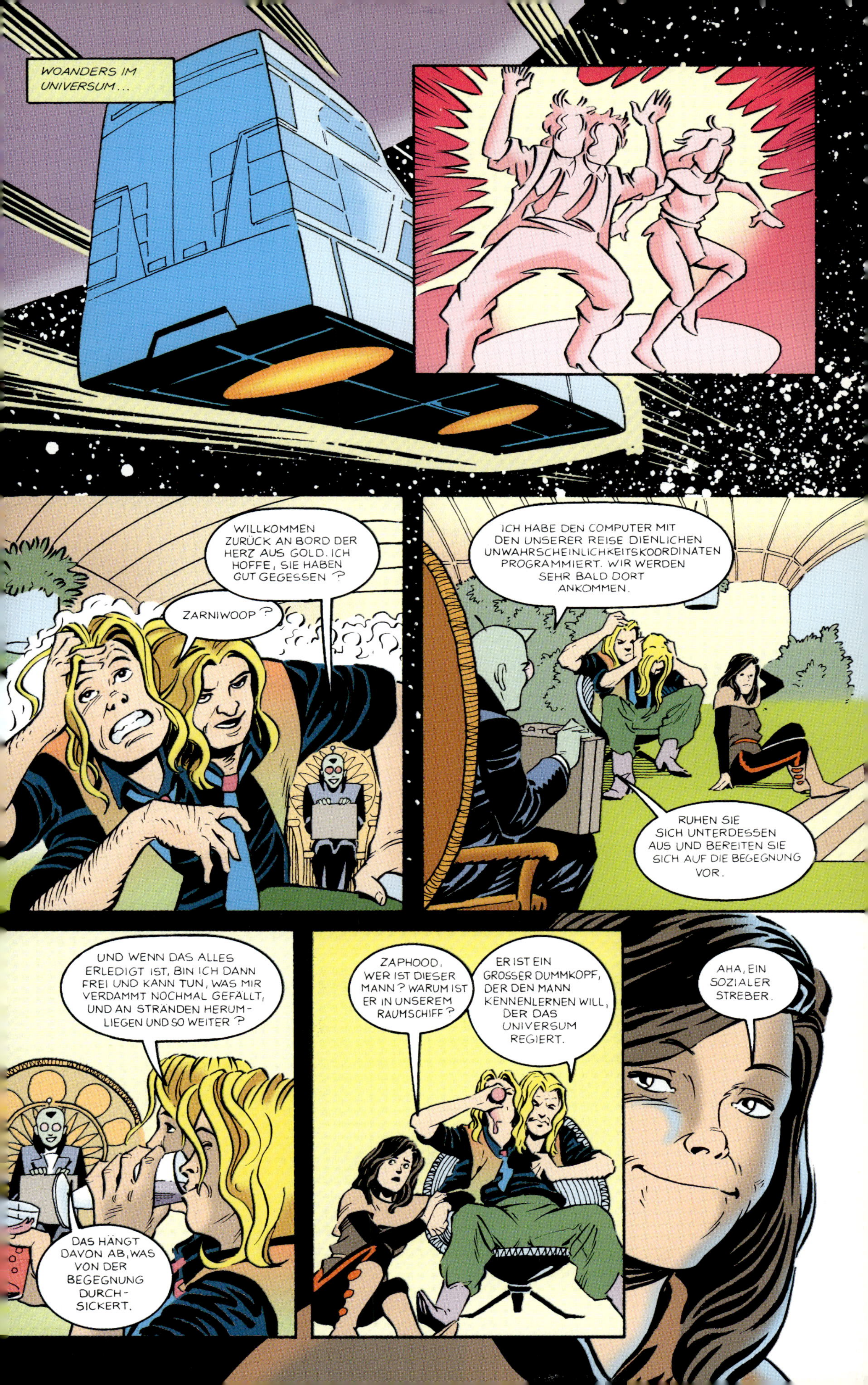
WOANDERS IM UNIVERSUM...
WILLKOMMEN ZURÜCK AN BORD DER HERZ AUS GOLD. ICH HOFFE, SIE HABEN GUT GEGESSEN?
ZARNIWOOP?
ICH HABE DEN COMPUTER MIT DEN UNSERER REISE DIENLICHEN UNWAHRSCHEINLICHKEITSKOORDINATEN PROGRAMMIERT. WIR WERDEN SEHR BALD DORT ANKOMMEN.
RUHEN SIE SICH UNTERDESSEN AUS UND BEREITEN SIE SICH AUF DIE BEGEGNUNG VOR.
UND WENN DAS ALLES ERLEDIGT IST, BIN ICH DANN FREI UND KANN TUN, WAS MIR VERDAMMT NOCHMAL GEFÄLLT, UND AN STRÄNDEN HERUMLIEGEN UND SO WEITER?
DAS HÄNGT DAVON AB, WAS VON DER BEGEGNUNG DURCHSICKERT.
ZAPHOOD, WER IST DIESER MANN? WARUM IST ER IN UNSEREM RAUMSCHIFF?
ER IST EIN GROSSER DUMMKOPF, DER DEN MANN KENNENLERNEN WILL, DER DAS UNIVERSUM REGIERT.
AHA, EIN SOZIALER STREBER.

EINES DER HAUPTPROBLEME BEIM REGIEREN VON LEUTEN IST, WEN MAN DAFÜR GEWINNEN KANN, ODER VIELMEHR, WER ES SCHAFFT, DIE LEUTE SOWEIT ZU KRIEGEN, DASS SIE SICH'S GEFALLEN LASSEN.
ES IST EINE BEKANNTE TATSACHE, DASS DIE LEUTE, DIE SICH DAS REGIEREN AM HEFTIGSTEN WÜNSCHEN, GERADE DESHALB DIEJENIGEN SIND, DIE SICH AM WENIGSTEN DAFÜR EIGNEN.
JEDER, DER IMSTANDE IST, SICH ZUM PRÄSIDENTEN WÄHLEN ZU LASSEN, SOLLTE UNTER ALLEN UMSTÄNDEN DARAN GEHINDERT WERDEN, DEN JOB AUSZUÜBEN.
FOLGLICH IST DIES DIE LAGE, DIE WIR ANTREFFEN: EINE LANGE REIHE GALAKTISCHER PRÄSIDENTEN, DIE DEN SPASS UND DAS THEATER DARUM, AN DER MACHT ZU SEIN, DERMASSEN GENIESSEN, DASS SIE NUR SELTEN BE-MERKEN, DASS SIE'S NICHT SIND.
UND IRGENDWO IM DUNKELN HINTER IHNEN -- WER ?
WER KANN DENN BLOSS REGIEREN, WENN JEDER, DER REGIEREN WILL, DARAN GEHINDERT WERDEN MUSS ?
PRESIDENT

AUF EINEM UNBEDEUTENDEN STERN IRGENDWO MITTEN IM NIRGENDWO...
... GESCHÜTZT DURCH EIN GEWALTIGES UNWAHRSCHEINLICHKEITSFELD, ZU DEM NUR SECHS MÄNNER IN DER GALAXIS EINEN SCHLÜSSEL BESITZEN...
... REGNETE ES.
KUTSCHI-KUTSCHI-KUTSCHI. WILL KÄTZCHEN SEINEN FISCH? FEINES STÜCKCHEN FISCH...
...WENN KÄTZCHEN SEINEN FISCH NICHT ISST, WIRD KÄTZCHEN DÜNN WERDEN UND VOM FLEISCH FALLEN...
...ICH DENKE MIR, DASS ES PASSIEREN WIRD, ABER WIE SOLL ICH ES WISSEN?
ICH DENKE, FISCH IST LECKER, ABER DANN DENKE ICH, REGEN IST NASS. UND WER BIN ICH, DASS ICH MIR EIN URTEIL ERLAUBE?

AHA, ICH SCHEINE IHN DICH ESSEN ZU SEHEN. MIR GEFÄLLT ES, WENN ICH DICH FISCH ESSEN SEHE, WEIL DU MEINER VORSTELLUNG NACH VOM FLEISCH FÄLLST, WENN DU'S NICHT TUST.
FISCH KOMMT VON WEITHER, JEDENFALLS HAT MAN MIR DAS GESAGT. ODER ICH DENKE MIR, DASS MAN ES MIR GESAGT HAT. WENN DIE MÄNNER KOMMEN...
...ODER WENN MEINER VORSTELLUNG NACH DIE MÄNNER IN IHREN SECHS SCHWARZEN, GLÄNZENDEN RAUMSCHIFFEN KOMMEN ...
...KOMMEN SIE DANN AUCH DEINER VORSTELLUNG NACH? UND WENN ICH FRAGEN HÖRE, HÖRST DU DANN AUCH FRAGEN?
WAS SAGEN DIR IHRE STIMMEN?
VIELLEICHT DENKST DU EINFACH, SIE SINGEN DIR LIEDER VOR?
VIELLEICHT SINGEN SIE DIR LIEDER VOR, UND NUR ICH DENKE, SIE STELLEN FRAGEN.
MEINST DU, SIE WAREN HEUTE HIER? ICH DENKE, JA.
ES LIEGT DRECK AUF DEM BODEN. ZIGARETTEN, WHISKEY, FISCHE UND EINE ERINNERUNG AN SIE SIND IN MEINEN GEDANKEN.
KAUM SCHLÜSSIG ALS BEWEIS, ICH WEISS. ABER DANN SIND ALLE BEWEISE ZUFÄLLIG.

ICH DENKE, ICH HABE RECHT MIT MEINER ANSICHT, DASS SIE MIR FRAGEN STELLEN. VON SO WEIT HERZUKOMMEN UND MIR ALL DIESE SACHEN DAZULASSEN, BLOSS UM DIR LIEDER VORZUSINGEN, WÄRE DOCH EIN SEHR MERKWÜRDIGES VERHALTEN...
...JEDENFALLS ERSCHEINT MIR DAS SO. ABER WER WEISS, WER WEISS.
ICH DENKE, ICH HABE HEUTE NOCH EIN ANDERES RAUMSCHIFF AM HIMMEL GESEHEN, EIN GROSSES WEISSES. ICH HABE NOCH NIE EIN GROSSES WEISSES GESEHEN, NUR DIE SECHS SCHWARZEN.
VIELLEICHT KÖNNEN SECHS KLEINE SCHWARZE ZU BESTIMMTEN ZEITEN AUSSEHEN WIE EIN GROSSES WEISSES?
VIELLEICHT KOMMEN IRGENDWELCHE ANDEREN LEUTE MICH BESUCHEN?
WIR MÜSSEN AM FALSCHEN ORT GELANDET SEIN. MAN KANN DAS UNIVERSUM DOCH NICHT AUS EINER HÜTTE MITTEN IM NIRGENDWO REGIEREN!
KLAK
KLAK

HALLO?
ACH, ENTSCHULDIGUNG, HABE ICH GRUND ZUR ANNAHME...
REGIEREN SIE DAS UNIVERSUM?
ICH VERSUCHE, ES NICHT ZU TUN. SIND SIE NASS?
NASS? SIEHT ES NICHT SO AUS, ALS WENN WIR NASS WÄREN?
SO SIEHT ES FÜR MICH AUS, ABER WELCHER ANSICHT SIE DARÜBER SIND, DAS KÖNNTE EINE GANZ ANDERE SACHE SEIN.
WENN SIE MEINEN, WÄRME MACHT SIE TROCKEN, KOMMEN SIE HEREIN.
HE, ÄH, WIE IST DENN IHR NAME?
ICH WEISS ES NICHT. WARUM? DENKEN SIE, ICH SOLLTE EINEN HABEN?
ES SCHEINT SEHR SELTSAM, EINEM BÜNDEL VAGER SINNESWAHRNEHMUNGEN EINEN NAMEN ZU GEBEN.

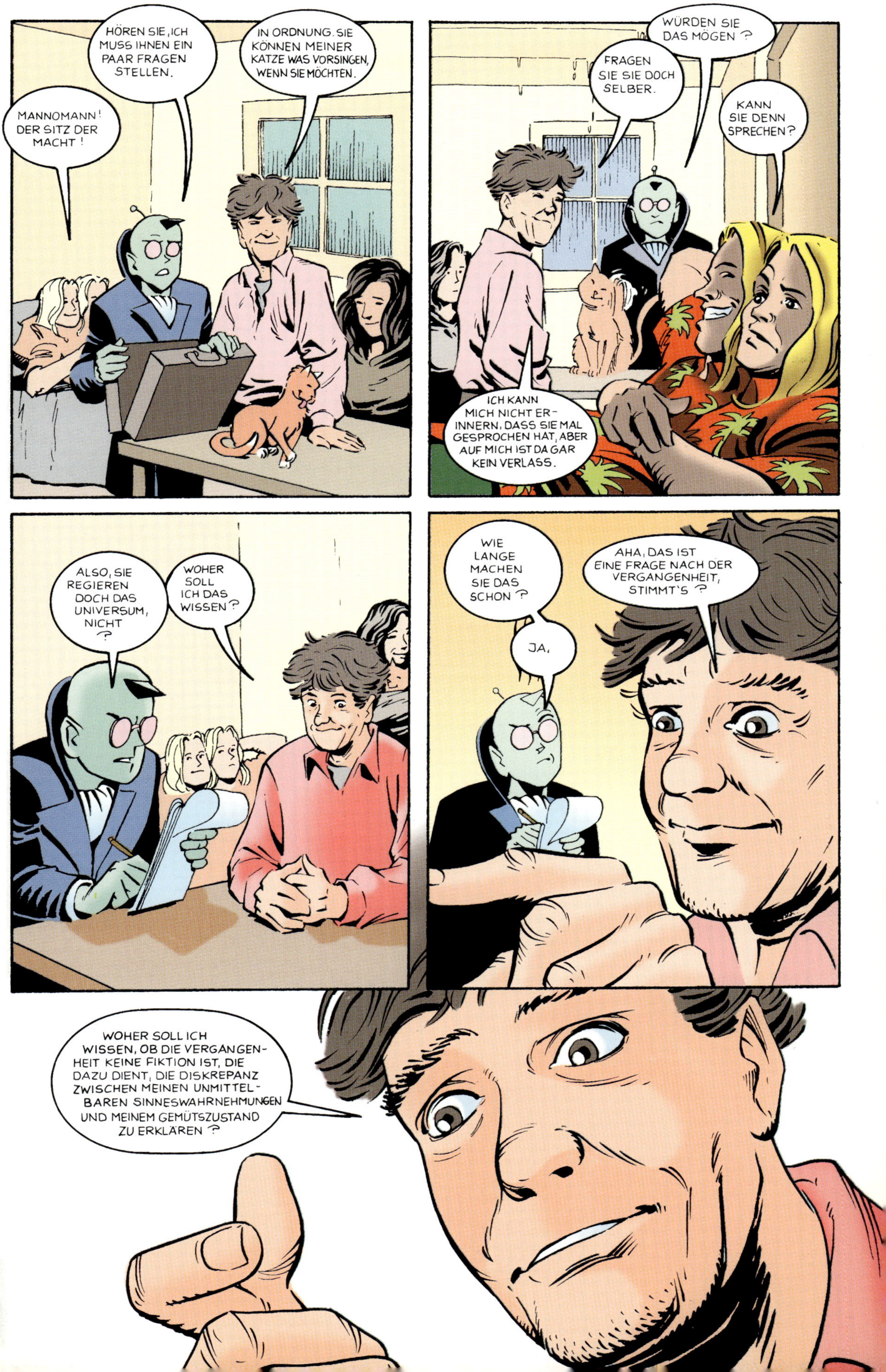
MANNOMANN! DER SITZ DER MACHT!
HÖREN SIE, ICH MUSS IHNEN EIN PAAR FRAGEN STELLEN.
IN ORDNUNG. SIE KÖNNEN MEINER KATZE WAS VORSINGEN, WENN SIE MÖCHTEN.
FRAGEN SIE SIE DOCH SELBER.
WÜRDEN SIE DAS MÖGEN?
KANN SIE DENN SPRECHEN?
ICH KANN MICH NICHT ERINNERN, DASS SIE MAL GESPROCHEN HAT, ABER AUF MICH IST DA GAR KEIN VERLASS.
ALSO, SIE REGIEREN DOCH DAS UNIVERSUM, NICHT?
WOHER SOLL ICH DAS WISSEN?
WIE LANGE MACHEN SIE DAS SCHON?
JA.
AHA, DAS IST EINE FRAGE NACH DER VERGANGENHEIT, STIMMT'S?
WOHER SOLL ICH WISSEN, OB DIE VERGANGENHEIT KEINE FIKTION IST, DIE DAZU DIENT, DIE DISKREPANZ ZWISCHEN MEINEN UNMITTELBAREN SINNESWAHRNEHMUNGEN UND MEINEM GEMÜTSZUSTAND ZU ERKLÄREN?

BEANTWORTEN SIE ALLE FRAGEN AUF DIESE ART?
ICH SAGE, WAS MIR IN DEN SINN KOMMT, WENN ICH DENKE, ICH HÖRE LEUTE ETWAS SAGEN. MEHR WEISS ICH NICHT.
DARAUF TRINKE ICH.
PROST, GROSSER HERRSCHER. SAG'S, WIE ES IST.
NEIN, HÖREN SIE... LEUTE KOMMEN ZU IHNEN, IN RAUMSCHIFFEN?
ICH DENKE, JA.
UND SIE BITTEN SIE, ENTSCHEIDUNGEN FÜR SIE ZU FÄLLEN ÜBER ALLES, WAS SICH DA DRAUSSEN IM UNIVERSUM EREIGNET?
DA DRAUSSEN? WO DRAUSSEN?
DORT DRAUSSEN?
WOHER SOLL ICH WISSEN, DASS DA DRAUSSEN IRGENDWAS IST? DIE TÜR IST DOCH ZU.
ABER SIE WISSEN, DASS DORT DRAUSSEN EIN UNIVERSUM IST!
SIE KÖNNEN SICH DOCH NICHT VOR IHRER VERANTWORT-UNG DRÜCKEN, INDEM SIE SAGEN, ES EXISTIERT NICHT!

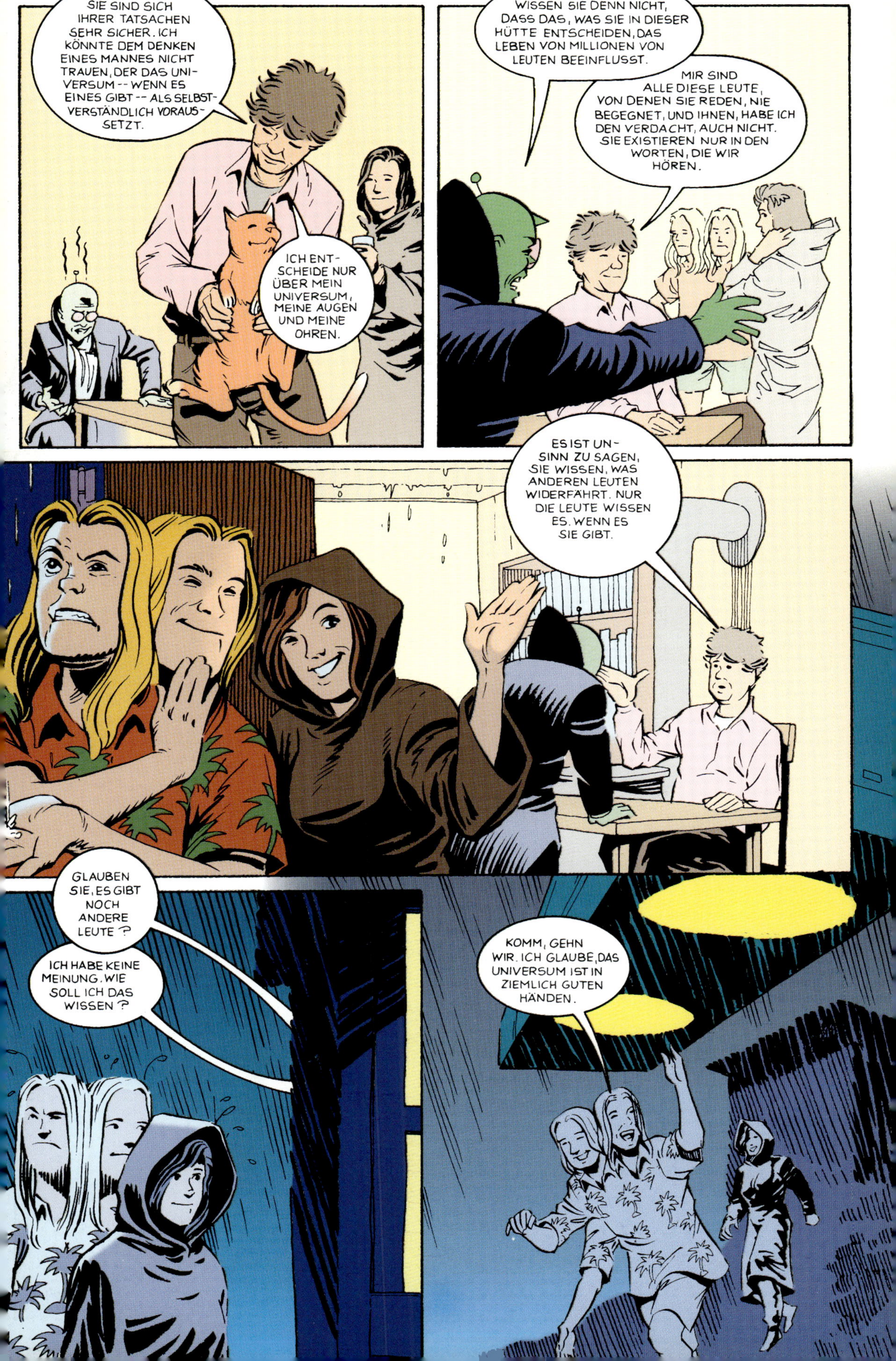
SIE SIND SICH IHRER TATSACHEN SEHR SICHER. ICH KÖNNTE DEM DENKEN EINES MANNES NICHT TRAUEN, DER DAS UNIVERSUM -- WENN ES EINES GIBT -- ALS SELBSTVERSTÄNDLICH VORAUSSETZT.
ICH ENTSCHEIDE NUR ÜBER MEIN UNIVERSUM, MEINE AUGEN UND MEINE OHREN.
WISSEN SIE DENN NICHT, DASS DAS, WAS SIE IN DIESER HÜTTE ENTSCHEIDEN, DAS LEBEN VON MILLIONEN VON LEUTEN BEEINFLUSST.
MIR SIND ALLE DIESE LEUTE, VON DENEN SIE REDEN, NIE BEGEGNET, UND IHNEN, HABE ICH DEN VERDACHT, AUCH NICHT. SIE EXISTIEREN NUR IN DEN WORTEN, DIE WIR HÖREN.
ES IST UNSINN ZU SAGEN, SIE WISSEN, WAS ANDEREN LEUTEN WIDERFÄHRT. NUR DIE LEUTE WISSEN ES. WENN ES SIE GIBT.
GLAUBEN SIE, ES GIBT NOCH ANDERE LEUTE?
ICH HABE KEINE MEINUNG. WIE SOLL ICH DAS WISSEN?
KOMM, GEHN WIR. ICH GLAUBE, DAS UNIVERSUM IST IN ZIEMLICH GUTEN HÄNDEN.

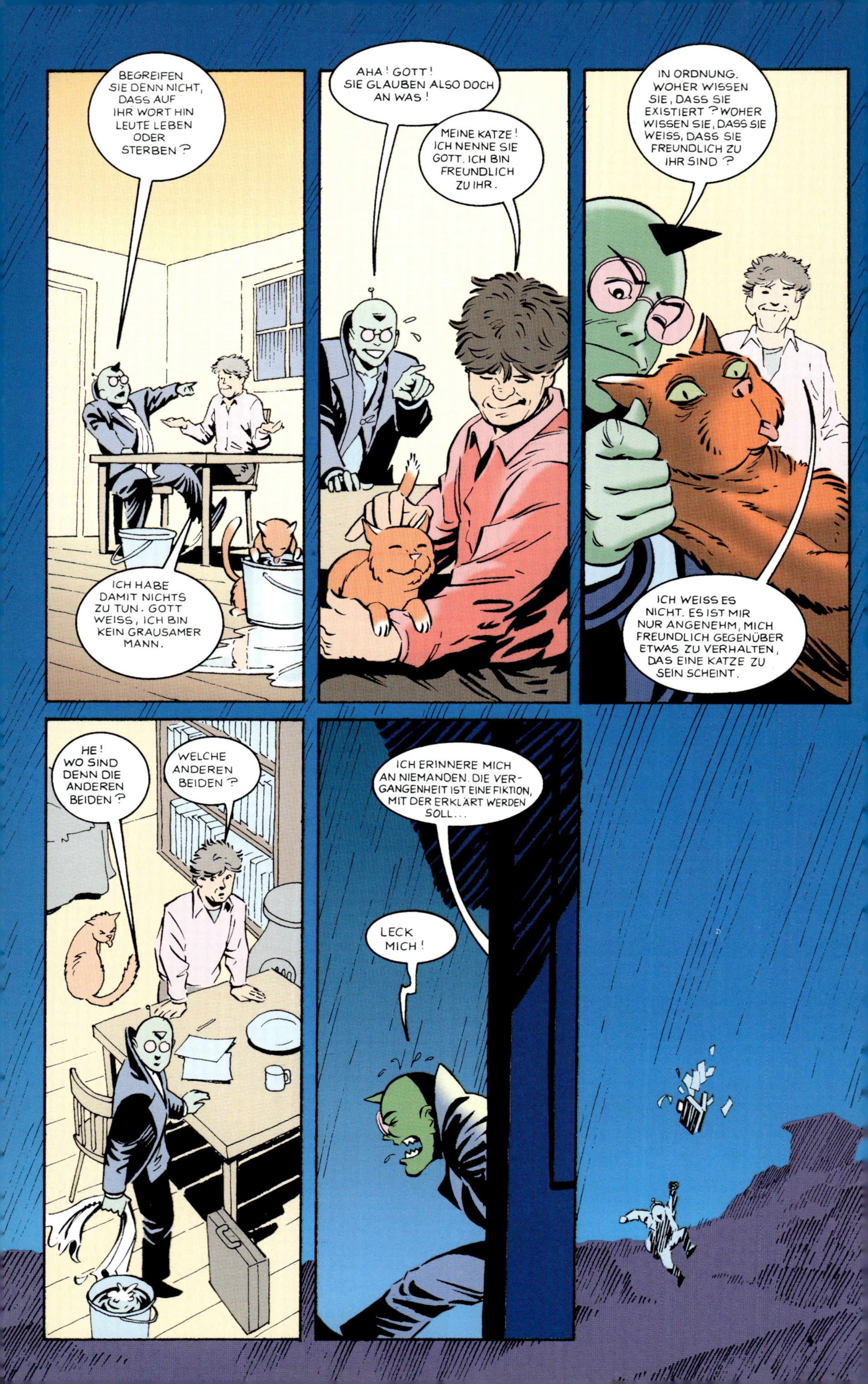
BEGREIFEN SIE DENN NICHT, DASS AUF IHR WORT HIN LEUTE LEBEN ODER STERBEN?
ICH HABE DAMIT NICHTS ZU TUN. GOTT WEISS, ICH BIN KEIN GRAUSAMER MANN.
AHA! GOTT! SIE GLAUBEN ALSO DOCH AN WAS!
MEINE KATZE! ICH NENNE SIE GOTT. ICH BIN FREUNDLICH ZU IHR.
IN ORDNUNG. WOHER WISSEN SIE, DASS SIE EXISTIERT? WOHER WISSEN SIE, DASS SIE WEISS, DASS SIE FREUNDLICH ZU IHR SIND?
ICH WEISS ES NICHT. ES IST MIR NUR ANGENEHM, MICH FREUNDLICH GEGENÜBER ETWAS ZU VERHALTEN, DAS EINE KATZE ZU SEIN SCHEINT.
HE! WO SIND DENN DIE ANDEREN BEIDEN?
WELCHE ANDEREN BEIDEN?
ICH ERINNERE MICH AN NIEMANDEN. DIE VERGANGENHEIT IST EINE FIKTION, MIT DER ERKLÄRT WERDEN SOLL...
LECK MICH!

UNTERDESSEN AUF EINEM KLEINEN, BLAUGRÜNEN PLANETEN IN DEN UNERFORSCHTEN EINÖDEN DES TOTAL AUS DER MODE GEKOMMENEN AUSLÄUFERS DES WESTLICHEN SPIRALARMS DER GALAXIS ...
ARTHUR!
SIEH MAL! SIEH DOCH BLOSS!
DAS IST EIN GLETSCHER! HAB ICH SCHON GESEHEN!
NEIN. DU HAST IHN ANGESEHEN, ABER DU HAST IHN NICHT GESEHEN.
WONACH SOLL ICH DENN GUCKEN?
SIEHST DU ES?
MEIN GOTT!

SLARTIBARTFASS ? ABER DAS BEDEUTET, DIESER PLANET MUSS DIE...
DAS SAGEN WIR BESSER DEN LEUTEN AUS GOLGAFRINCHAM.

EINIGE MONATE SPÄTER...
UNSERE KUNDSCHAFTER HATTEN BISHER NICHT DAS GLÜCK, EINE HEISSE QUELLE ZU FINDEN, SIR.
UND WAS IST MIT DEN MINEN ?
AUCH KEIN GLÜCK DAMIT, SIR.
MIST! ES MUSS DOCH IRGENDWO AUF DIESEM PLANETEN EIN PAAR SEIFENMINEN GEBEN!
SIE HALTEN WEITER DIE AUGEN OFFEN, NICHT WAHR, NUMMER EINS ?
JA, SIR.
EIN HEISSES BAD VOR EINER AUSSCHUSS-SITZUNG WÄRE EINE SO HERRLICHE ABWECHSLUNG.

NA SCHÖN, ICH WÜRDE DIESE VERSAMMLUNG JETZT GERN ERÖFFNEN, WENN ALLE DAMIT EINVERSTANDEN SIND ?
HALLO, LEUTE.
ACH, MEIN LIEBER FREUND... HABEN SIE STREICHHÖLZER BEI SICH ?
NEIN, STREICHHÖLZER NICHT, ABER ICH HABE NEUIGKEITEN FÜR SIE.
SCHADE, DASS WIR KEINE MEHR HABEN, TJA. HABE SCHON SEIT WOCHEN KEIN HEISSES BAD MEHR GEHABT.
ICH HABE NEUIGKEITEN FÜR SIE VON EINER ENTDECKUNG, DIE SIE INTERESSIEREN KÖNNTE.
STEHT DAS AUF DER TAGESORDNUNG ?
NA, KOMMEN SIE SCHON...
TUT MIR LEID, ABER IN MEINER EIGENSCHAFT ALS UNTERNEHMENSBERATER MIT LANGJÄHRIGER ERFAHRUNG MUSS ICH DARAUF BESTEHEN, DASS DIE GESCHÄFTSORDNUNG EINGEHALTEN WIRD.

ER IST VERRÜCKT, NICHT WAHR? DAS HIER IST EIN PRÄHISTORISCHER PLANET.
ICH MÖCHTE DIE FÜNFHUNDERTDREIUNDSIEBZIGSTE SITZUNG DES AUSSCHUSSES ZUR BESIEDLUNG DES PLANETEN FINTELWUDELWIX ERÖFFNEN...
DAS IST DOCH SINNLOS. FÜNFHUNDERTDREIUNDSIEBZIG AUSSCHUSSSITZUNGEN, UND IHR HABT NOCH NICHT MAL DAS FEUER ENTDECKT!
WENN SIE MAL EINEN BLICK AUF DIE TAGESORDNUNG WERFEN WOLLTEN...
...WERDEN SIE FESTSTELLEN, DASS WIR HEUTE VOM FEUERENTWICKLUNGSUNTERAUSSCHUSS DER FRISEURE EINEN BERICHT ERHALTEN!
OH! WIRKLICH?
NA SCHÖN, WAS HABEN SIE BISHER GEMACHT? WAS IST IHRE ANSICHT ZUR ENTWICKLUNG DES FEUERS?
TJA, ICH WEISS EIGENTLICH NICHT...
...SIE HABEN MIR ZWEI STÖCKCHEN GEGEBEN, UND ICH HABE 'NE LOCKENSCHERE DRAUS GEMACH!
KLATSCH! KLATSCH! KLATSCH!

WAS, SO WEIT HABEN SIE'S GEBRACHT ?
WENN SIE IN DER ABSATZPOLITIK SCHON SO LANGE TÄTIG SIND WIE ICH...
...WISSEN SIE, DASS VOR DER ENTWICKLUNG JEDES PRODUKTS ES ERST ERFORSCHT WERDEN MUSS.
WIR MÜSSEN RAUSFINDEN, WAS SICH DIE LEUTE VOM FEUER VERSPRECHEN, WELCHES VERHÄLTNIS SIE DAZU HABEN, WELCHE BEDEUTUNG ES FÜR SIE HAT.
ACH, STECKEN SIE SICH DAS DOCH AN DEN HUT !
WAS GENAU DAS IST, WAS WIR WISSEN MÜSSEN-- WOLLEN DIE LEUTE EIN FEUER, DAS AUCH HUTMÄSSIG VERWENDBAR IST ?
HABEN SIE IHM VON DIESEM RADDINGSBUMS ERZÄHLT ? DAS HÖRT SICH NACH EINEM WAHNSINNIG INTERESSANTEN PROJEKT AN.
NAJA, DA HABEN WIR EINE KLEINE SCHWIERIGKEIT...
SCHWIERIGKEIT ? WAS MEINEN SIE DAMIT ? DAS RAD IST DOCH DIE ALLERSIMPELSTE APPARATUR IM GANZEN UNIVERSUM !
NA SCHÖN, MISTER NASEWEIS...
...WENN SIE SO KLUG SIND, SAGEN SIE UNS DOCH, WELCHE FARBE ES HABEN SOLLTE !
ALLMÄCHTIGER ZARQUON !

KÄPT'N, SIR, BITTE, BERICHTEN ZU DÜRFEN, SIR!
JA, NA SCHÖN, NUMMER ZWEI, HABEN SIE IRGENDWELCHE HEISSEN QUELLEN GEFUNDEN?
NEIN, SIR! WIR HABEN IM OSTEN EINEN ANDEREN ERDTEIL ENTDECKT UND IHM DEN KRIEG ERKLÄRT!
SIE HABEN DEM NACHBARKONTINENT DEN KRIEG ERKLÄRT?
JA. TOTALEN KRIEG! DEN KRIEG ZUR BEENDIGUNG ALLER KRIEGE!
ABER DORT LEBT DOCH NOCH NIEMAND!
WIR HABEN ZAHLREICHE MILITÄRISCHE EINRICHTUNGEN IN DIE LUFT GESPRENGT, SIR!
MILITÄRISCHE EINRICHTUNGEN, NUMMER ZWEI?
NUN JA... POTENTIELLE MILITÄRISCHE EINRICHTUNGEN... BÄUME, SIR!
UND WIR HABEN EINE GAZELLE VERHÖRT!

AH JA... UND WAS SONST NOCH ?
WIR HABEN EINE KULTUR IN GANG GESETZT. EINER UNSERER FILMPRODUZENTEN DREHT BEREITS EINEN FASZINIERENDEN DOKUMENTARFILM ÜBER DEN HÖHLEN-MENSCHEN.
DAS SIND KEINE HÖHLEN-MENSCHEN.
SIE LEBEN IN HÜTTEN.
SIE SEHEN ABER AUS WIE HÖHLEN-MENSCHEN.
VIELLEICHT LASSEN SIE IHRE HÖHLEN GERADE NEU TAPEZIEREN !
SEHR WITZIG, ABER HABT IHR BE-MERKT, DASS SIE AM AUSSTERBEN SIND ?
IST EUCH KLAR, WAS DAS BEDEUTET ?
ÄH... WIR SOLLTEN IHNEN KEINE LEBENSVERSICHERUNGEN VERKAUFEN ?
BEGREIFT IHR DENN NICHT, DASS SIE ERST SEIT UNSERER ANKUNFT AUSZUSTERBEN BEGINNEN !
DAS KOMMT IN DIESEM FILM SEHR SCHÖN RÜBER...
...UND ALS NÄCHSTES MÖCHTE ER EINEN ÜBER SIE DREHEN, KÄPT'N. SEIN AUFHÄNGER IST DIE LAST DER VER-ANTWORTUNG, DIE EINSAMKEIT DER FÜHRUNGSELITE...
NUN, ICH WÜRDE DIESEN ASPEKT NICHT ALLZU SEHR HERAUSSTREICHEN, NICHT ? MAN IST NIE ALLEIN MIT EINER GUMMIENTE.

WENN WIR JETZT ZUM THEMA STEUERPOLITIK KOMMEN KÖNNTEN...
STEUER-POLITIK! WOHER WOLLT IHR GELD HABEN, WENN KEINER VON EUCH WAS PRODUZIERT?
ES WÄCHST DOCH NICHT AUF BÄUMEN!
AHHH, ABER SEIT WIR VOR EIN PAAR WOCHEN BESCHLOSSEN HABEN, DAS BLATT ALS GESETZLICHES ZAHLUNGSMITTEL EINZUFÜHREN, SIND WIR ALLE UNGEHEUER REICH GEWORDEN!
WEGEN DER HOHEN LAUBVERFÜGUNGSRATE SIND WIR IN EIN KLEINES INFLATIONSPROBLEM GESCHLITTERT...
...WAS NATÜRLICH BEDEUTET, DASS DER GEGENWÄRTIGE KURSWERT ETWA BEI DREI LAUBWÄLDERN FÜR EINE ERDNUSS AUS DEM SCHIFFSPROVIANT LIEGT.
UM ALSO DIESES PROBLEM ZU BE-SEITIGEN UND DAS BLATT WIEDER AUFZU-WERTEN, SIND WIR DABEI, EINE MASSIVE ENTLAUBUNGSKAMPAGNE ZU STARTEN UND ALLE WÄLDER NIEDERZU-BRENNEN.
ICH DENKE, SIE WERDEN MIR ZUSTIMMEN... EIN VERNÜNFTIGER SCHRITT UNTER DIESEN UMSTÄNDEN.
IHR SEID JA VERRÜCKT. IHR SEID EIN RUDEL TOLLWÜTIGER IRRER!

NA NA, WAS HABEN SIE UND DIESER ANDERE EIN-DRINGLING DENN GETAN, SEITDEM WIR HIER ANGE-KOMMEN SIND ?
WIR SIND UNTERWEGS GEWESEN, UM ETWAS ÜBER DIESEN PLANETEN ZU ERFAHREN.
HÖRT SICH FÜR MICH NICHT SEHR PRODUKTIV AN !
NEIN ? NA, ICH HABE NEUIGKEITEN FÜR SIE...
...WIR HABEN DIE ZUKUNFT DIESES PLANETEN ENTDECKT, UND ES INTERESSIERT KEIN FAULES AFFENEI, WAS IHR MIESES PACK EUCH VON NUN AN VORNEHMT...
...DIE WÄLDER NIEDERZUBRENNEN, EGAL WAS. ES MACHT ABSOLUT NICHTS AUS. EURE ZUKÜNFTIGE GESCHICHTE IST BEREITS GESCHEHEN.
IHR HABT ZWEI MILLIONEN JAHRE ZEIT, UND DAMIT HAT SICH'S !
AM ENDE DIESER ZEIT IST EURE RASSE TOT UND VERSCHWUNDEN, UND DEM HIMMEL SEI DANK.
DENKT IMMER DRAN ...ZWEI MILLIONEN JAHRE.
NAJA, GENÜGEND ZEIT, UM NOCH EIN PAAR-MAL ZU BADEN.
KÖNNTE MIR MAL JEMAND DEN SCHWAMM REICHEN ? ER IST MIR RAUS-GEFALLEN.

UND SO...
NEIN, PASS AUF... Q ZÄHLT ZEHN, VERSTEHST DU, UND ES LIEGT AUF EINEM FELD MIT DREIFACHEM WORTWERT.
LEG DAS BITTE WEG, UND WIR FANGEN NOCHMAL AN.
WAS MACHST DU DA, ARTHUR?
VERSUCHE DEN HÖHLENMENSCHEN SCRABBLE BEIZUBRINGEN.
SIE SIND KEINE HÖHLENMENSCHEN.
SIE SEHEN ABER AUS WIE HÖHLENMENSCHEN.
WAS SOLL DAS DENN BRINGEN?
WIR MÜSSEN IHNEN MUT MACHEN WEITERZUKOMMEN, SICH ZU ENTWICKELN!
KANNST DU DIR VORSTELLEN, WIE EINE WELT AUSSÄHE, DIE VON DIESEN IDIOTEN HERSTAMMT, MIT DENEN WIR ANGEKOMMEN SIND?
WIR BRAUCHEN ES UNS NICHT VORZUSTELLEN. WIR HABEN SIE ERLEBT.
HAST DU IHNEN GESAGT, WAS WIR ENTDECKT HABEN? NORWEGEN, SLARTIBARTFASS' SIGNATUR IN DEM GLETSCHER. HAST DU'S IHNEN ERZÄHLT?
WELCHEN SINN HAT DAS DENN? WAS SOLLTE IHNEN DAS BEDEUTEN?

ES BEDEUTET, DASS DIESER PLANET DIE ERDE IST! ES IST MEINE HEIMAT, WO ICH GEBOREN WURDE!
WARUM ERZÄHLST DU ES NICHT DEN LEUTEN AUS GOLGAFRINCHAM?
GEH HIN ZU IHNEN UND SAG IHNEN: „IN ZWEI MILLIONEN JAHREN WERDE ICH NUR EIN PAAR MEILEN VON HIER GEBOREN."
SIE WERDEN DICH AUF EINEN BAUM JAGEN UND FEUER AN IHN LEGEN.
SIEH DEN DINGEN INS AUGE, ARTHUR ... DIESE DEPPEN DA DRÜBEN SIND DEINE VORFAHREN, NICHT DIESE ARMEN KREATUREN HIER.
STECK DAS SCRABBLE WEG. ES WIRD DIE MENSCHLICHE RASSE NICHT RETTEN, WEIL DIESE KERLCHEN HIER DIE MENSCHLICHE RASSE NICHT SEIN WERDEN.
DIE MENSCHLICHE RASSE SITZT MOMENTAN IM KREIS UM EINEN FELSEN AUF DER ANDEREN SEITE DIESES HÜGELS UND DREHT DOKUMENTARFILME ÜBER SICH.
ABER IRGENDWAS MÜSSEN WIR DOCH TUN KÖNNEN!
NEIN. GAR NICHTS. OB ES DIR GEFÄLLT ODER NICHT: DIE LEUTE AUS GOLGAFRINCHAM SIND ES, VON DENEN DU ABSTAMMST.
IN ZWEI MILLIONEN JAHREN WERDEN SIE VON DEN VOGONEN VERNICHTET. 'NE KOMISCHE SACHE, DAS LEBEN, WAS?

ARME, DUMME HÖHLENMENSCHEN. FÜR SIE WAR'S ALSO BLOSS 'NE ZIEMLICHE ZEITVERSCHWENDUNG, STIMMT'S? AUS DER EVOLUTION GESCHMISSEN VON EINEM RUDEL VON TELEFONDESINFIZIERERN.
ICH GLAUBE, ER MÖCHTE, DASS DU MIT IHM SCRABBELST.
WAHRSCHEINLICH HAT ER WIEDER „CRZJGRDWLDIWDC" GELEGT.
URRGGG UUHGHHHH
SPAK
STAND DA EBEN, WOVON ICH MEINE, DASS ES DA STAND?
JA. ZWEIUNDVIERZIG. ABER WAS BEDEUTET ES?
ZWEIUNDVIERZIG IST DIE ZAHL, DIE DEEP THOUGHT UNS ALS DIE ENDGÜLTIGE ANTWORT NANNTE...
...UND DIE ERDE IST DER COMPUTER, DEN DEEP THOUGHT ENTWARF UND BAUEN LIESS, UM DIE FRAGE ZUR ENDGÜLTIGEN ANTWORT AUSZURECHNEN...

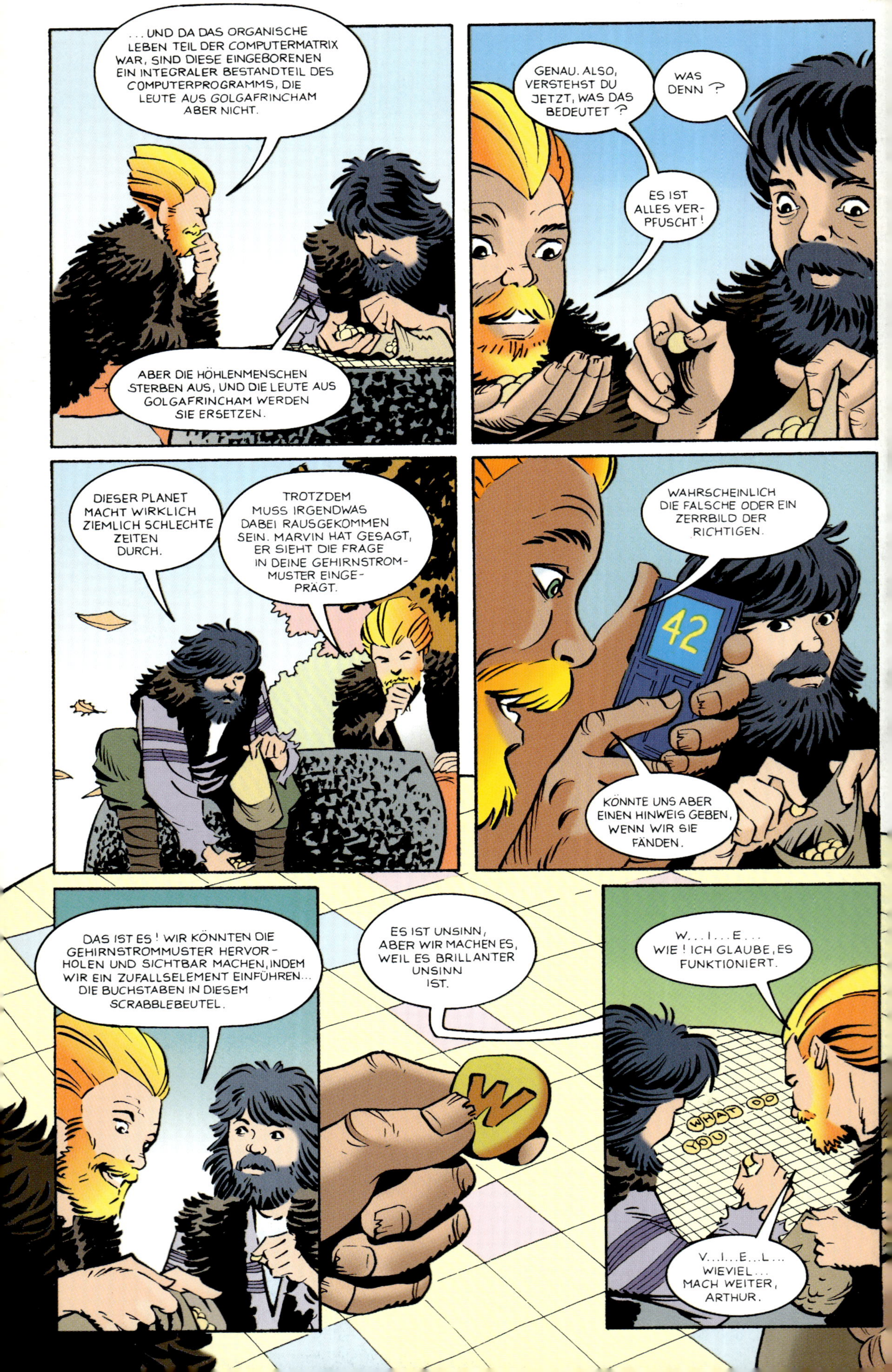
...UND DA DAS ORGANISCHE LEBEN TEIL DER COMPUTERMATRIX WAR, SIND DIESE EINGEBORENEN EIN INTEGRALER BESTANDTEIL DES COMPUTERPROGRAMMS, DIE LEUTE AUS GOLGAFRINCHAM ABER NICHT.
ABER DIE HÖHLENMENSCHEN STERBEN AUS, UND DIE LEUTE AUS GOLGAFRINCHAM WERDEN SIE ERSETZEN.
GENAU. ALSO, VERSTEHST DU JETZT, WAS DAS BEDEUTET?
WAS DENN?
ES IST ALLES VERPFUSCHT!
DIESER PLANET MACHT WIRKLICH ZIEMLICH SCHLECHTE ZEITEN DURCH.
TROTZDEM MUSS IRGENDWAS DABEI RAUSGEKOMMEN SEIN. MARVIN HAT GESAGT, ER SIEHT DIE FRAGE IN DEINE GEHIRNSTROMMUSTER EINGEPRÄGT.
WAHRSCHEINLICH DIE FALSCHE ODER EIN ZERRBILD DER RICHTIGEN.
42
KÖNNTE UNS ABER EINEN HINWEIS GEBEN, WENN WIR SIE FÄNDEN.
DAS IST ES! WIR KÖNNTEN DIE GEHIRNSTROMMUSTER HERVORHOLEN UND SICHTBAR MACHEN, INDEM WIR EIN ZUFALLSELEMENT EINFÜHREN... DIE BUCHSTABEN IN DIESEM SCRABBLEBEUTEL.
ES IST UNSINN, ABER WIR MACHEN ES, WEIL ES BRILLANTER UNSINN IST.
W
W...I...E...
WIE! ICH GLAUBE, ES FUNKTIONIERT.
WHAT DO YOU
V...I...E...L...
WIEVIEL...
MACH WEITER, ARTHUR.

WIEVIEL IST SECHS MULTIPLIZIERT...
...MIT NEUN...
NA LOS, WO IST DER NÄCHSTE ?
DAS IST ALLES. DAS SIND ALLE, DIE DA WAREN.
DU MEINST, DAS IST ES ?
DAS IST ALLES.
SECHS MAL NEUN.
ZWEIUND-VIERZIG.
DAS IST ES. DAS IST ALLES.
ZWEIUND-VIERZIG.
ENDE
S. HENDRIX

Steve Leialoha's Originalentwürfe für „Per Anhalter durch die Galaxis"